序章
都是哥哥的
好！

# 序章　這都是哥哥的不好！

最近，哥哥的樣子有點奇怪。

原本的哥哥只是個普通的傢伙，雖然由身為家人的自己來說很奇怪，但哥哥原本只是一個隨處可見的高中生，一年級時也沒見他做出什麼厲害的事情。

可是，這樣的哥哥，升上二年級之後突然變了……

哥哥先是把非常漂亮的女孩子帶回家裡來了，說是要跟她一起打工，甚至還讓對方做出要幫哥哥補習的承諾。

後來聽媽媽說，那人是哥哥班上的班長，同時也是年級第一的資優生和第一美女，雖然不知道後面那則情報是怎麼入手的，不過既然媽媽用一臉像是發現了新大陸似的表情說出來，應該就是真的沒錯了吧？

除了跟漂亮的班長拉近距離外，哥哥後來又突然決定去參選學生會會長。那個從來沒有展露出些許表現欲的哥哥，竟然會去參加選舉，這點實在非常奇怪！雖然高中部的學生會會長管不到國中部，但這麼一來自己卻彷彿跟哥哥之間有了身分差距，這種感覺讓人非常不舒服。

更奇怪的是哥哥竟然選上了！

而且不但選上了，還在震驚社會的案件中大發神威，依照新聞的說法，好像是哥哥引領學生反抗危險分子。家裡也因此被記者圍了好幾天，就連自己也被記者逮住過。

太奇怪了、這一切都太奇怪了！

發自內心的煩躁感揮之不去，這都是哥哥的不好！

# 第一章 學生會副會長不是人！

一間升學主義的完全中學，又是屬於學校比較集權的類型，這種學校的高中部學生會會長，聽起來就是個閒差，似乎除了當個代表性的標誌外沒有別的用途。

本來應該是這樣的……

因為學生會不但沒有像漫畫作品中，有動輒可以把學生開除的權力，也沒有辦法修改校規，雖然可以對學生發出勸導，可是對方並沒有一定要聽從的義務……用一聽便能明白的形容方式就是，學生會會長的權力什麼的，果然只存在於學生的想像之中。

然而，與這一點權力都沒有的會長地位相比，這個學生會會長的職位要做的雜務卻比想像中要多……要多很多！

首先是學生們對學校有什麼意見，會先彙整到學生會這邊來，然後由會長去跟教師們交涉，然後再將結果公布出來。

而且社團的第一道監督也是學生會在做的，那種有教練在管的運動社團可以不用理，但一些文化系的社團，不管是人數太少，還是社團教室被挪為他用之類的事情，也都是學生會負責糾察的部分。

當然，這種社團糾察並不是天天做，而是分散在整個學期中把所有社團都檢查一次就行了，也從來沒聽說過哪個社團因此受到懲罰的。

以上這些都只是偶爾要做的雜務，真正讓學生會體驗到繁忙感的，則是有活動舉辦的時候，因為需要聯絡的人變得很多，需要協調的事情也變得很多，以及學生的要求與教師的要求相互碰撞的情況也變得很多……

這一切都跟最初的設想不一樣，原來學生會還真的有點忙！

葛東不知道是第幾次後悔了，不管是寫下「我的志願就是征服世界」作文這件事，還是以為學生會會長沒什麼工作就答應去參選的事。

雖然被他寫的這種作文吸引，就這麼暴露了真面目的班長也很天真，可是現在葛東覺得自己的天真度還在班長之上，他怎麼會以為平常感覺不到學生會的存在，就認為學生會會長是個清閒的工作呢？

現在正值柢山完全中學園遊會的籌備期，這個園遊會的全名是「柢山完全中學創辦人誕辰紀念日」——這種根本不會有人記得的名字，對於學生來說，就是個舉辦園遊會的玩樂祭典，連大多數教師也是這麼認為的。

「我本來也可以成為那些無憂無慮玩樂的一分子啊……」

葛東此時正辛苦地奔走於各教室間，每當有一個班級送來攤位申請表，他就必須跑這麼一趟。

如果是飲食類的倒還簡單，但如果是娛樂類的攤子，他就必須確認對方使用的器材安全性，以及會不會對旁邊的班級造成干擾。

除此之外還有禮堂舞臺的使用班表，這倒是有專門負責的人，所以他可以不用那麼煩惱，但作為學生會會長他依然得了解清楚狀況。

說起來，其實學生會裡面還是有不少人的，除了就任學生會會長的葛東，還有副會長艾莉恩——本來這個職位按道理應該是由第二高票，也就是這次跟葛東競爭的對手來擔任的，不過對方拒絕了，所以就落到了艾莉恩身上。

除了會長和副會長，學生會裡還有文書組、活動組、宣傳組，所有班長都是學生會成員，分別被塞到這幾個組裡，各自有擔當的職位，最起碼也有個雜務的工作。

關於所有班長都是學生會成員這點，是葛東選上了學生會會長之後才知道的事情，所以已經擔任了一年班長的艾莉恩，能在學生會裡給予他很大的支持。

「所以說，現在的狀況就是這樣。」

葛東在家裡，對發出了「哥哥最近好奇怪」這種疑惑的妹妹解釋著。

妹妹雖然一臉無法釋懷的樣子，但也沒有繼續追問下去。在聽說自己老哥當上學生會會長的時候，她還很認真地看了一下日曆。

「明明離愚人節還有半年啊……」妹妹露骨地表達了不信任感。

「再怎麼樣也不可能以為今天是愚人節吧……今天十月一號，距離愚人節正好半年整，是一年中離愚人節最遠的一天，說今天是誠實日也不為過吧！」

對於葛東的冷笑話，妹妹用彷彿看見南極大陸般的眼神睨著他，什麼也不說地回去了自己的房間。

這段兄妹閒話才是兩個禮拜前的事，如今想起來卻彷彿過了很久似的，葛東白天上學、處理園遊會的事，晚上又要趕去打工，忙得幾乎完全沒有了自己的時間。

不過，雖然辛苦，但成長也是很顯著的，他從一個毫無特點的普通高中生，變成了一個起碼知道該怎麼分類狀況，與做出決斷的半熟學生會會長，在艾莉恩的輔助下，學生會的運作倒是很順利地進行著。

正是意識到了自己的成長，葛東才能一直從那樣忙個不停的狀況中堅持下來。

儘管忙得不可開交，但偶爾也會有上一件工作已經完成，下一件工作卻還沒到來的階段，在某天的午休時間，端著便當到學生會室的葛東就迎來了這個時間。

※　※◆※　※

學生會室是直接拿一間教室來使用，裡頭用會議桌排成缺口的方形，牆邊豎立著幾個擺放文件的櫃子，並設置了一臺學生會專用的飲水機，除此之外就是一些不知用途的雜物。

葛東和艾莉恩在長桌的同一端相鄰而坐。雖然葛東才是學生會會長，但當兩人坐在一起的時候，艾莉恩更像坐在那個位置上的人——打理得整整齊齊的制服，渾身上下挑不出任何一絲違反校規的地方，簡直像是把教師對資優生應有的期待徹底具體化。

相較之下，葛東看起來就顯得太普通了，或許學生會會長這個身分算是他最大的特徵吧！

他們面前各自擺放著已經吃完的便當，手邊擺著茶杯，裡頭泡著學校提供的茶包，這可是學生會唯一享受到與其他學生不同的福利。

「我感覺自己進步了很多。」或許是難得清閒下來的鬆懈感，葛東忽然把一直盤踞在內心的感受說了出來。

「確實，你一開始在說話的時候總是不自覺地看向我，現在已經改善很多了，只是在遇到比較難以決定的問題時，還是會有這種現象。」艾莉恩端著與她十分相襯的墨綠色茶杯，看起來與她那一絲不苟的長直髮相得益彰。

「啊……」葛東沒有料到會得到這樣的答覆，特別是一開始的糗態被毫不留情地公布出來，更是顯得窘迫。

在學生會室的另一端響起了幾聲輕笑。

雖然笑聲中不包含惡意，但這卻使得葛東更加困窘，輕咳了一聲之後舉起茶杯當作掩飾。

從第一次學生會集會開始，到現在也不過三週，因為忙碌的關係，感覺上似乎過了很久，但一回想起來，當初開會的畫面卻是那麼的清晰。

學生會室內的氣氛似乎因此稍微變得歡快了一點，但很快又因為沒有人承接而沉寂下去。

艾莉恩再度啜了一口茶水，就這麼捧著杯子說道：「葛東，我想問問你，最近有沒有被人跟蹤？」

「被人跟蹤，班長妳嗎？」如果對象是艾莉恩，葛東倒是不難理解，也許是有哪個狂熱的愛慕者做出那種事吧！

他的心情會如此淡然，也是基於艾莉恩的實力，假如她只是個普通的弱女子，葛東擔心的程度大概會增加個一百倍左右。

不過，跟蹤的話題好像已經聽她說過了，當時跟蹤她的是隔壁班的陽曇，不過陽曇最近比較沉寂，難道又開始活動了嗎？

「是的，我被人跟蹤了。」艾莉恩微微地一皺眉，接著又問道：「你還沒回答我的問題。」

「我沒有特別注意過……」葛東很是不好意思地說道，原本他還有意識地要保持警戒心，但一忙起來就什麼都忘了。

「意思就是沒有發覺嗎？」艾莉恩立刻就領會了他的意思。

「……就是這樣。」葛東無奈地點頭，接著為了甩開那股奇妙的尷尬，他很快又開口問道：「那個跟蹤班長的傢伙，有看到樣子嗎？」

「看到了，不過……」艾莉恩少見地露出了些許遲疑，說道：「是國中部的女生，似乎不抱有惡意。」

「國中部的……女生？」葛東略感意外，原來不是他猜測中的陽臺，又或者是某個會發出急促喘息的變態男子。

不過說到國中部，整體而言，柢山完全中學的國中部跟高中部很少有交集，雖然是有那種在兩邊都很有人氣的傢伙，但葛東和艾莉恩都不是那樣的類型。

該怎麼說呢……閃光點不足吧！

葛東太過平凡，而艾莉恩又太過守規矩了。

話題先回到跟蹤者的事情上，葛東聽說對方是國中部的女生後，覺得威脅性大大降低，於是放下心來問道：「所以她有什麼讓妳在意的地方嗎？」

「我擔心她會不會是ＶＩＣＩ團的新成員。」艾莉恩說出了自己的顧慮，上次的事件中，那個光頭大叔特地要求葛東取消對於學校的領土宣告後，她就相當在意對方什麼時候會再次把手伸進來。

「我想就算是他們也不至於……」

本來葛東是想否定的，但是轉念一想好像也有那種可能性，因為ＶＩＣＩ團的團員中已經有兩個高中生了，那個光頭首領突然覺得需要一些國中部的成員也不無可能。

不過……

「問問她不就知道了嗎？」葛東語氣輕鬆，反而對艾莉恩如此過度的慎重很不習慣似的說道：「就直接走到她面前，問她為什麼跟著班長不就好了嗎？」

「我不覺得能輕易得到實話。」

艾莉恩那漆黑的眼眸筆直望來，葛東到現在依然不太具有與她對視的勇氣。

「最起碼能確認她是不是因為別的理由來找班長，如果只是個仰慕高中部學生會副會長的女孩，就這麼把她當作敵人也太可憐了。」

葛東聳聳肩膀、偏開了視線。事實上，不管得到怎樣的答案都無所謂，反正他這邊也會向友諒確認。

艾莉恩略一思索後，用一種恍然大悟似的語氣說道：「也就是說，得不到答案反而把其他的可能性都排除掉了嗎？這的確是最好的試探了，竟然在這麼短的時間內就拿出了如此優秀的答案！」

「也沒有這麼……呃！」葛東並不覺得這是多麼高明的手段，詢問找上門來的對方有什麼事情，這是人之常情吧？

然而，葛東的謙讓還沒說完，就被艾莉恩在桌子底下捏了一把大腿。

只見剛才還筆直望來的視線，側過一旁在學生會室的其他幹部身上轉了一圈，葛東頓時意會過來，艾莉恩其實是說給那些人聽的。

這是艾莉恩這段時間一直在做的事情，努力在塑造葛東的正面形象。

她這個行動頗有成效，因為學生會的成員對葛東的印象，已經從一開始的「危機時鼓起勇氣對抗壞蛋的熱血笨蛋」，變成「經過考慮之後才會那麼做的冷靜智將」了。

……至少是智將的原石，還需要更多的打磨才行。

這也是征服世界所必須的條件之一，需要組織成員對葛東個人的崇拜。

「不，這沒有什麼，很簡單的道理罷了。」葛東不得不裝作一副胸有成竹的模樣，配合艾莉恩的演出。

可是，剛才在談話中提及了ＶＩＣＩ團的事沒問題嗎？不過學生會的成員看起來都不像是在意的樣子，或許他們以為是自己沒聽清楚而已吧！

午休結束之後，下午的第一節課，葛東在抽屜裡尋找歷史課本時，見到了一個在吃飯之前還沒有見到的東西。

是信……

一股強烈的既視感席捲而來！

葛東立刻用課本把信遮住，若無其事地拿到了桌面上，以微小的動作掃視一下周圍，確認沒有人注意到他的異狀。

他小心翼翼地，用看似在讀課文的姿態讀著信，好在這次並不是奇怪的威脅信，淡粉色的信紙上，排列著整整齊齊的鉛筆字，第一行恭敬的寫著「葛東學長鈞鑒」。

「突然寫信給您真是十分抱歉，但事關學長的安危，雖然冒昧卻顧不得那麼多，在此請容我自介，我是國中部三年一班的學生，我叫陽晴……」

像這樣過分守規矩的文字躍入眼簾，自我介紹完畢之後又是一長串表達突然寫信過來的歉意，直到最後一段，才終於進入了主題。

「……事關柢山完全中學高中部學生會副會長艾莉恩學姐的秘密，有萬分緊急的情報想告知學長，懇請一見！」

信紙的最後附著一串手機號碼，如果沒有意外的話，這就是那個叫陽晴的學妹的手機號碼。

不久之前才建議艾莉恩當面詢問的，結果現在機會落到了他頭上。

那個關於艾莉恩的秘密，葛東現在倒是看得很開，反正連敵對組織的首領都已經知道了，即使真的多一個人發現好像也沒什麼大不了的。

抱著這樣有點自暴自棄的念頭，葛東傳了約陽晴放學後在圖書館前花圃區見面的簡訊，同時他還通知了圖書館——不是學校的那個圖書館，而是一個文文靜靜、氣質很適合圖書館的學妹。

說起來那傢伙也是外星人來著，雖然自稱任務是要監視艾莉恩，不過把她也拉進征服世界的團隊後，她提出的建議倒是最多的，真不明白她究竟在想些什麼。

通知圖書館是為了之後有個能參謀的對象，葛東打算等先弄清楚對方知道的是怎樣的秘密後，再考慮要不要告訴她事情的詳細經過。

陽晴回覆的訊息很快就傳了回來，又是看來非常有禮貌的筆調，簡直像是按照信件範本來寫似的。

※　※◆※　※

很快地，時間就已到了放學後，這時要去圖書館的學生不少，但圖書館前方的花壇卻無人逗留。

這處花壇被布置成小公園的模樣，兩道同心圓的花圃中，外圍一圈布置了幾張長椅，而中心則是一座涼亭，有三條步道貫穿了這兩道圓周。

雖然沒有明文規定，但這所學校的學生如果把見面的地點約在這裡，先到的人都會在面對圖書館的那個方向等待。

說起來，國中部跟高中部的制服樣式是相同的，只有袖口和領口的繡線顏色不同，所以作為本校的學生，無法判斷年紀的時候，掃一眼領口已經是本能了。

當葛東來到花壇前，見到在等人的國中部女生時，很自然地就覺得對方是寫信給他的那個女生。

但是，等在那邊的不只一個國中部女孩，而是有兩個，其中一個頂著運動系的短髮，相比葛東看習慣的班上女同學們，這個學妹的身材單薄了許多，卻背著一個彷彿登山背包似的大背包，光看那體積就有一種女孩好像要被壓垮了的錯覺。

至於另外一個國中部女生……葛東認識她！

「葛茜，為什麼妳會在這裡？」葛東叫出了自己妹妹的名字。

雖然一直沒有提過，但妹妹的名字是葛茜，一百六十公分高，眉毛、眼角與葛東有幾分相近，略長的頭髮在腦袋側邊綁出了一個丸子，多虧這所學校沒有髮禁之類的校規，所以她才可以不被糾正。

如果問妹妹可不可愛嘛……葛東是沒辦法判斷的，因為對那張從小看到大的臉，他已經過度習慣到沒有分辨力了。

平常在家吃點心的時候，明明是一人一個的布丁，卻非要把寫著葛東名字的那份吃掉；看到感興趣的特價販賣就會要求哥哥去買；對哥哥的房間好像有奇妙的執著，有事沒事就會跑到他房間的床上亂滾，附帶臨時突發的收藏物搜索。

拜此之賜，葛東一本H書都沒有。

「個人情報洩漏得太多了啊！」

妹妹重重側踢在了葛東的小腿上，這種用腳面踢擊並保證在不造成傷害的情況下，給予被害人最大痛楚的技巧，她的熟練度已經到達了藝術的層級！

不過，這點小傷害已經無法讓葛東在陌生的女孩面前露出痛苦表情，特別是對方一臉又是緊張又是興奮又是膽怯的複雜神情，更是讓葛東充滿了一種必須在她面前保持男子氣概的覺悟。

「那個……把我找出來的就是她嗎？」葛東拉了一把自己的妹妹，他不想在這邊上演鬧劇。

「嗯，就是她。」妹妹冷漠地哼了一聲，過去拉起那個女生的手，兩人腦袋碰在一起嘀嘀咕咕了什麼後，她才轉過頭來說道：「我們先去坐，你去買喝的回來，難得有女生邀你，真是一點也不機靈！」

「我……好吧……」

葛東還沒跟那個女生說到話，就先被自己的妹妹指使去跑腿。

所謂的哥哥，就是內心再怎麼不願意，嘴巴上還是會說好的可悲生物啊……

妹妹喜歡喝奶茶，但是他不知道陽晴喜歡什麼，剛才被妹妹一通連擊弄得都忘記問了，葛東只好買了咖啡和綠茶，在不知道喜好的情況下，買兩種口味不同的飲料讓對方先選，是個有效避開地雷的小聰明手段。

他沿著原路回去，很輕易地就在花壇中的某張長椅上發現了她們的身影。

將飲料遞出去後，葛東也坐在了長椅上，但三個人坐在一起感覺有點奇怪，因為葛東跟那個女生的膝蓋都碰在一起了，而妹妹卻坐在長椅的另一端，喝著奶茶一副事不關己的模樣。

總之先試著搭話吧，一直不說話事情是不會有進展的。

「妳就是寫信給我的陽晴吧？」葛東首先要確認的是對方的名字，以免發生認錯人的窘況。

「是的，我、我就是陽晴，聽說你是葛茜的哥哥，所以才拜託她陪我一起來……」女孩首先坐實了寫信者的身分，她悄悄往上瞟來一眼，與葛東眼神相觸後又趕緊逃開，越發緊張地說道：「貿然邀請真是非常抱歉，我……」

眼看又要進入一連串的禮貌迴圈，葛東雖然想早點知道叫他出來的原因，但這時卻不好催促，只能耐著性子等待。但在這個時候，妹妹卻毫無顧忌地打斷道：「妳太囉嗦了，這些都扔一邊去吧，趕緊把事情講完我要回家了！」

「這樣嗎……」陽晴用求助的目光投向葛東，渾身上下散發著一股小動物般的誠惶誠恐。

「雖然不好意思，但還是請妳早點進入正題吧。」葛東不想讓自己顯得太無情，但他婉轉的說詞卻遭到了妹妹的瞪視。

「那麼，我就直說了吧，跟葛東學長搭配的副會長艾莉恩學姐，她不是人類！」

# 第二章

# 進擊的超自然狂熱學妹。

「艾莉恩不是人類這點，我早就已經知道了。」

葛東很想這麼說，不過他忍住了，這句話只在心中響起。

面對陽晴的爆料，葛東卻一點震驚的情緒也沒有，不如說是「果然是這麼一回事嗎」的感覺。

畢竟自從他寫了那篇作文之後，艾莉恩好像就解開了某種束縛似的，顯露出能力的次數增加了很多……不，因為不知道她之前有沒有偷偷使用過能力，只能說她多次使用了能力而已。

總之，在這個到處都是監視器以及具有拍照功能手機的社會，艾莉恩直到今天也沒有暴露才是最奇怪的事情。

但是還沒等葛東想出應付的言詞，另一邊的妹妹就已經發出了誇張的嘆息，轉過身來捏著陽晴的臉說道：「又是這種話題嗎？又是妳發現了什麼超自然的妄想嗎？」

從妹妹的話聽起來，陽晴已經不是第一次提出類似的說法了。

「這次是真的，我親眼看到的！」陽晴的臉頰被拉長了，嘴裡吐出的句子也變得模糊不清。

「所以妳是想告訴我，班長……喔，艾莉恩她是、呃……她不是人？」葛東差點就脫口而出說艾莉恩是外星種族了，這在推理故事中可是大忌，自己說出對方沒有提出的情報什麼的……

「我親眼見到的！」陽晴依然在強調著這一點，即使受到葛茜的阻擾，但她很努力地說明道：「在學生會會長競選演講那天，我也在禮堂裡面！」

「那天也在嗎……」葛茜聽到這邊不由得鬆開了手，她是屬於上學比較晚，所以被關在外頭的那一類。

只是一點點也好，她也希望多知道一些當天的事情。

「是的，前面的事情我就不多說了，最後大家同心協力做出反抗的時候，有一聲巨大的爆炸聲，然後我就看到艾莉恩學姐摔倒在我面前，可是……」陽晴說到這裡，臉上再次露出了既緊張又興奮的神情，說道：「可是她長著昆蟲的腳！我後來特地去查了一下圖鑑，那很像是蝗蟲的後腳！」

「啊……」

該怎麼說呢？

一時冷場。

首先葛東並不知道艾莉恩當天用了什麼技巧；其次，就算他知道，他也不能表現出任何異狀。

而給陽晴最後一擊的，則是妹妹那聲巨大的嘆息。

「那個……陽晴她是狂熱的超自然愛好者，舉凡幽靈、吸血鬼、外星人之類的東西她都很喜歡，我已經不是第一次聽她講目擊超自然現象的事情了。」妹妹很抱歉似的望過來，彷彿她的友人又說了什麼奇怪的妄想。

但是啊，妹妹呦，該說抱歉的是妳才對，妳的朋友應該真的看到了某些東西。

或許是從自己哥哥的眼神中發現了什麼吧，妹妹突然變得沉默下來。

「是真的！我看到了！」陽晴沒有發現友人的變化，只是一個勁地想表達她確實看到了什麼。

陽晴努力的姿態，讓葛東都開始覺得抱歉了起來。

「妳突然跟我說班長有蝗蟲的腳，不是人類……我很難立刻相信這種事，妳有什麼辦法證明嗎？」葛東扮演了一個不怎麼相信，但依然願意聽學妹說話的角色。

「沒有……」陽晴很失落地低下了頭，她當時手忙腳亂地拿出手機時，艾莉恩的雙腿已經變回了人類應有的模樣。

「今天我要去打工，明天再好好聽妳講可以嗎？」葛東做出這個決定並不是單純為了安撫她，同樣也是想確認她究竟看到了多少。

「這樣嗎……好吧，我今天要去姐姐那邊，也差不多要走了……」陽晴一瞬間露出了意猶未盡的神情，不過她也有別的事情要做。

說到意猶未盡，葛東又何嘗不是？但他之所以這麼放心地說明天再談，也是因為她沒有證據，如此一來葛東也沒有必要太緊張，否則反過來引起她的懷疑就不好了。

不過，在那之前……

「葛茜，妳那個朋友……是怎麼回事？」葛東回頭詢問自己的妹妹。

「不是說了嗎？對超自然狂熱啦！真是的……我要回家了！」妹妹露出了不想繼續待下去的表情，隨口應付一句就跑掉了。

無奈的葛東搔搔頭，站起身來左右看了看，沒發現圖書館的身影，也不知道她到底有沒有聽到這一段對話，不過打工的時間真的快到了，匆匆發給圖書館一則詢問的訊息後，他就前往打工的地方。

※　※◆※　※

來不及等對方回應，葛東就匆匆忙忙離開學校。放學時分不管往哪個方向走都有很多同校的學生，經過一個個路口，同校的身影也漸漸變少，這本是看慣的情況，但今天葛東在那些身影中發現了陽晴。

那個登山包一樣的大背包，配上嬌小的身軀，兩者之間的巨大差異使得她很醒目，而且走得也不快，葛東很輕易地就追上了她。

「陽晴，這麼巧妳也走這方向？」葛東覺得打聲招呼比較好，畢竟幾分鐘前還在聊天呢！

「啊，是葛東學長！」陽晴先是露出了靦腆的微笑，然後很自然地與他走近了些許，問道：「這個方向的話，我記得一路上並沒有多少店，葛東學長打工的地方在哪裡呢？」

「是一家叫做ＶＩＣＩ咖啡的地方。」葛東如實回答。

「咦，是ＶＩＣＩ咖啡？好巧喔，我姐姐也是在那邊打工。」陽晴的眼睛一下子發亮了。

「妳的姐姐……是陽曇？」葛東即使並非頭腦派，但當這麼多線索放在眼前的時候，他也能判斷出這理所當然的推論。

「是！葛東學長果然也在同一個地方打工，這就是所謂的緣分？」陽晴說完，不等葛東做出反應，自己就先臉紅起來。

「或許吧，不過妳跟姐姐不是很像啊，在妳提起之前我完全沒有聯想到。」葛東面對年紀跟自己妹妹一樣的學妹時，很容易就能放鬆下來交談。

「大家都這麼說呢……」陽晴不知道為什麼虛掩了一下胸口處。

儘管這裡的差異確實也很大，但比起自己的妹妹來，陽晴已經是發育得很優秀了，果然基因非常良好，未來指日可待！

「不過妳今天為什麼要去找陽曇？」葛東不記得自己在店裡看過陽晴，可見她去打工地點找陽曇的情況並非常態。

「我父母今天要慶祝結婚紀念日，所以就把我趕出家門了。」陽晴刻意地抹了抹眼睛，當然那裡一滴眼淚也沒有。

「原來是這樣……這也挺不錯的呢，至少代表妳的雙親感情很好呢！」葛東就這麼一邊跟陽晴閒談，一邊壓著遲到的底線抵達了ＶＩＣＩ咖啡。

「好慢！」

一進店門，就迎來了陽曇的責備。

作為打工地點的前輩，陽曇在店裡的地位自然比葛東要高，雖然不至於藉此作威作福，但如果出現了什麼差錯，也是會遭到她不留情面的斥責。

「姐姐！」不過這次在葛東解釋之前，陽晴就主動跳到了她面前，幫忙辯護道：「是我在路上拉住了葛東學長，才害他晚到的！」

「晴晴？為什麼妳跟他在一起！」陽曇露出了前所未有的震驚表情。

「我跟她是今天才認識的，陽晴跟我妹是朋友，所以……」葛東稍微把時間順序重組了一下，試圖讓這件事看起來只是巧合。

「就、就是這樣的！」陽晴彷彿對自己的姐姐有什麼顧慮，並沒有提起她特地寫信給葛東的行為。

「真的嗎？」陽曇懷疑地瞇起了眼，但無法從他們的表情上察覺什麼，只好對自己的妹妹說道：「總之今天妳就待在員工休息室，我已經跟店長說過了，如果無聊的話就做功課吧。」

「好……」也許是提到功課的關係，陽晴的回答顯得有氣無力，跟葛東一路聊天那種精神奕奕的模樣截然不同。

葛東匆匆換著衣服，突然想起一件很重要的事。

他是踩著遲到線來的，所以艾莉恩應該會在他之前到，但剛才在店裡沒見到，所以她應該在換衣服，而男、女更衣室都是設置在員工休息室裡頭，所以等會兒陽晴會見到艾莉恩……

「希望不要出什麼問題才好！」葛東一想到這點，就加快了換衣速度，出來後卻只見到目瞪口呆的陽晴。

「葛東……學長，剛剛艾莉恩學姐她……」陽晴眼睛睜得很大，但視線卻沒有焦點，喃喃著好像夢囈一般的話語。

「我忘記告訴妳了，班長也跟我在同一個地方打工。」葛東很不好意思地拍了拍她的腦袋，離開之前吩咐道：「妳說的那件事情，不要急著跟別人說，好嗎？」

「嗯，我知道了……」提起一開始認識的契機，陽晴也稍微恢復了一些理智。

今天的打工過程中，陽曇進後場的次數比平常多了一些，葛東回後場時也不時瞅上一眼，只見陽晴在玩手機，下次見到，她還在玩手機，再下次則是看到好像陽曇在責備她，要她看書的樣子。

她們也真是辛苦呢……葛東不由得這麼想著。

當今天的打工結束，葛東換好衣服出來之後，卻在員工休息室裡見到艾莉恩與陽晴相談甚歡的場面。

「所以說之前一直偷偷跟著我的理由就是……」

「對啊對啊，艾莉恩學姐這麼的……」

那種女孩子之間聊天特有的氣氛，讓葛東很難介入，本來他還以為陽晴會很畏懼艾莉恩的，但現在的畫面說明了那只是他多餘的擔憂。

倒是陽曇在旁一臉著急，但她顧忌甚多，不好直接要陽晴遠離艾莉恩。

「啊，我現在就去換衣服。」艾莉恩見到他出來，很自覺地結束了與陽晴的談話。

「那我去外頭收拾，晴晴妳也來幫忙！」等艾莉恩離開後，陽曇也像是見到猛獸離開般的放鬆下來。

「咦！為什麼我也要？我又沒有在這裡打工！」陽晴嘴巴上這麼抱怨，但卻是迅速收拾好東西跟著姐姐去到外頭了。

一時之間，員工休息室裡剩下葛東一個人。

艾莉恩去換衣服，即使是她，在換衣服的時候也需要花費不少時間，或許是最能感受到她女孩子一面的時候。

「讓你久等了。」與開門聲同時響起的，是艾莉恩招呼的聲音。

「不會……班長剛剛跟陽晴在聊什麼？」葛東相當介意這點，即使相信陽晴不會愚蠢到直接在艾莉恩面前指責她不是人類，但這世上並不是每件事情都能用理智解釋的。

「喔，因為你叫我直接去向跟蹤者確認，所以我剛剛就那麼做了。」艾莉恩與葛東並肩走出店門，途中不忘向大叔店長及陽曇姐妹道別。

「妳說的那個跟蹤者就是她嗎？」葛東恍然大悟，這麼說來確實很合理，在禮堂中驚鴻一瞥而發現了異狀的少女，為了挖掘真相開始進行跟蹤什麼的……

簡直是完美扮演了在推理小說中一開始就死掉的角色！

「嗯，她的理由是她很仰慕我，想要知道更多關於我的事情。」艾莉恩平靜地敘述著，又額外說明道：「但是我覺得她好像還隱瞞了什麼。」

「隱瞞了什麼是指？」葛東的心臟微微一跳，難道說陽晴這麼快就暴露了嗎？

「我不確定，但仰慕者的眼神不是那樣的……」艾莉恩略微遲疑思考，最後還是說道：「不是我自誇，像陽晴那樣自稱是仰慕者的人很多，可是陽晴跟那些人都不同，她在意的不是我的外表、我的喜好、我擅長與不擅長的事情……她更在意的，是我。」

「抱歉，我不太懂……」即使在知道陽晴真實目的的情況下，葛東也還是弄不清楚艾莉恩說的這些有什麼區別。

「我也很難解釋，或許她是個與眾不同的仰慕者吧！」艾莉恩沒有繼續就這個問題深究下去，而是轉移了話題道：「園遊會結束後，接下來差不多就要期中考了，你的功課準備得如何？」

「嗯，不是很有自信吶……」葛東的成績算是中等偏上，但他這段時間相當忙碌，儘管有艾莉恩幫他補習的優勢，依然感到功課開始有跟不上的趨勢了。

「打工要暫停嗎？現在開始認真補習還能追上進度。」艾莉恩帶著一絲憂慮詢問。

「不用，只是沒經歷過這麼忙碌的生活而已，等我適應下來就沒事了。」葛東笑著搖了搖頭，說道：「況且，有妳幫我補習，再怎麼樣也不會比一年級的時候差。」

「那麼我們做個約定，假如你的名次比一年級的時候差，就要停止打工專心唸書，等成績回升了才能繼續。」

艾莉恩的叮嚀方式，讓葛東想起了自己的老媽。

「好。」

葛東不覺得自己的成績會退步到比不上一年級的時候，他之所以有跟不上進度的感覺，是因為有時候上課打瞌睡了，雖然沒有睡著，但是他精神恍惚，根本就沒有把課聽進去。

只要花一些時間，把那些需要死背硬記的東西放進腦袋裡，再向艾莉恩請教那些要理解的科目，怎麼都不可能比過去差的。

做了這樣的約定後，兩人也到了葛東家的樓下，向艾莉恩道了晚安後，葛東回到了自己的家。

※　※◆※　※

一回到家，就見到自己的妹妹雙手抱胸、氣勢十足地站在客廳正中央。

「啊，我回來了。」葛東立刻就冒出了不祥的預感，他隨口打了聲平常根本不會說的招呼，就想穿過妹妹身邊到自己房間去。

「等一下，我有問題想問你！」妹妹就是特地在這裡等著的，當然不會這麼輕易地就放過他。

葛東看她的表情，覺得不是敷衍幾句就可以過去的，只得無奈地問道：「妳想知道什麼？」

「你為什麼要約陽晴明天再見面？」妹妹逼近了幾步，雖然因為身高差距顯得壓迫感不足，但那股不容敷衍的氣勢卻是傳達了過來。

「因為今天沒有把話說完啊。」本來葛東以為她發現了什麼，畢竟是一起生活了好久的妹妹，不過看起來似乎是葛東大驚小怪了。

「就只是這樣？」妹妹表露出來的信任度很低，低到葛東都想掉淚的程度了。

「不然還能是哪樣？」葛東攤了攤手。

「不是因為想要嘲笑陽晴嗎？」

「為什麼妳會把我想得那麼邪惡啊！」

「因為……反正就是這樣！」

妹妹耍起了無賴，可悲的是葛東拿她完全沒有辦法。

「我也想問問妳，妳是怎麼認識陽晴的，妳們的班級不一樣吧？」葛東嘆了口氣，強制把話題轉移了。

「怎麼認識的……」妹妹露出了回憶的模樣，不一會兒就說明起她們認識的經過。

先前已經提過不少次，陽晴是狂熱的超自然愛好者，但是這個狂熱到什麼地步呢？

她會一大早就跑到學校，用石灰粉在地上畫奇怪的圖形；或是在黑板上寫奇怪的……大概是拉丁語之類的東西，反正不是英文的咒文；或是在桌上點燃十三根蠟燭之類的，種種奇怪的行為。

妹妹跟陽晴認識的契機，是某次陽晴在學校中尋找怪談體驗的時候，當時陽晴以為在廁所裡的妹妹是花子，重重地敲了門，又千方百計地想要打開，最後狼狽逃出來的妹妹又被她糾纏了好一陣子。

以為妹妹是花子的誤會倒是很快就解開了，畢竟沒有哪個幽靈會有體溫，陽晴非常不好意思地一再道歉，結果這麼一來二去，兩人不知不覺中就變成了朋友。

「妳也不容易啊……」葛東把她們認識的經過聽完，不由得發出了這樣的感嘆。

「現在回想起來是有點那個啦！不過陽晴她除了喜歡超自然以外，是個很善良的好孩子，所以要是你欺負她的話，我絕對不會原諒的！」

「不會的啦！陽晴她姐姐跟我在同一個地方打工，是我的前輩，光憑這點我就不敢欺負她了。」

「陽晴的姐姐？」

於是葛東不得不跟妹妹說明陽曇的事情，聽到他們之間有這麼一層關係後，妹妹終於放下心來，放棄了繼續糾纏葛東。

至於莫名其妙被一通責問的葛東，則默默地回到房間去複習課業了。

第三章
擁有征服世界
潛質的妹妹？

葛東第二天跟陽晴的談話也沒得到什麼可以說是結論的東西，她依然相信自己眼睛所看到的，而且因為直接與艾莉恩交談過了的關係，想證實艾莉恩非人類身分的信念越發堅定。

可是葛東當時全程旁聽了，卻不知道陽晴堅定信念的理由出自何處。

或許是因為在咖啡廳員工休息室那次談話，從此之後陽晴就大大方方地出現在艾莉恩面前，而且她手上總是拿著手機，很明顯就是想拍到決定性的照片。但是很可惜，艾莉恩可是偽裝的高手，若非緊急情況，是不可能隨意變化肢體的。

時間過得很快，轉眼間就到了園遊會當週，如果要說這段時間內有什麼改變的話，大概就是陽晴很自然地混入了葛東他們之中，也認識了圖書館。

葛東後來有悄悄問過圖書館，那天有沒有注意他跟陽晴在花壇中的談話，得到的答案是有關注，但發覺沒有值得重視的地方，因此她就當作沒這回事了。

柢山完全中學的園遊會是六、日兩天，然後禮拜一、二補假兩天。

在園遊會的前一天，也就是禮拜五，這一天彷彿祭典一般的氣味已經十分濃厚，葛茜放學之後留下來布置校慶時的裝飾，又跟同學們一起吃了晚飯，回家的時間已經比較晚了。

但是，葛茜到了自己家樓下大門，才發現她出門時忘記帶鑰匙，按了門鈴似乎也沒有人在家。

「偏偏在這種時候……」葛茜嘆了一口氣，雖然在大門旁等是忘記帶鑰匙時最常見的選擇，但她先前曾經忘記過一次，在樓下等的時候被鄰居看到了，因此被拿來當了好一陣子的話題。

葛茜不想再次體驗那種感覺，撥了哥哥的號碼卻發覺他關機了，應該還在打工中，她默默地看了一下時間，決定去哥哥打工的地方找他。

儘管沒有去過，但全家人都知道ＶＩＣＩ咖啡的位置，葛茜也不例外，然而看過地圖跟真的走過是兩回事，葛茜很不幸地迷了一小會兒的路，等她找到ＶＩＣＩ咖啡的時候已經過了九點。

她見到咖啡廳店裡只開著幾盞小燈，似乎沒有在營業的樣子，卻又有人無視這一切推門而入。

「剛才那個人好像是哥哥的朋友……」葛茜稍稍遲疑了一下，抱著假如搞錯了就說明自己是葛東的妹妹，道個歉應該就沒事了的心情，也跟著進入了店裡。

果然已經過了營業時間嗎？

因為店面用的是暗色的玻璃，從外頭看的時候分不出來，但一進入店裡，就看到所有的椅子都已經倒放在桌面上，這樣子怎麼也不可能繼續招待客人吧！

不過葛茜還是繼續往裡頭走，因為她聽到裡頭傳出了隱約的談話聲，或許哥哥也還在店裡。

隨著腳步的前進，從店裡傳來的人聲也越來越清晰，葛茜所不知道的是，她正逐漸接近這間店的員工休息室。

「戰鬥員甲也到了，那麼本週的征服世界會議就此開始。」

直到一名大叔用渾厚的嗓子，送出極具有穿透力的聲音，將這句話每個字都清清楚楚地送進葛茜耳中時，她的腳步才終於停了下來。

※　※◆※　※

園遊會，是所有學生都喜歡的活動，可以徹底放鬆身心投入玩樂，而且事後學校還有補假，即使是最嚴肅的教師，也不會在這天對學生進行說教。

唯一美中不足的，大概就只有園遊會結束後，下個禮拜就是期中考週這點了吧！

作為學生會會長，葛東必須待在學生會室裡，以免出了什麼事情找不到他，事實上他的手機也確實響個不停，一大早陪著教師們迎接貴賓，就是那種會在開幕式上說老長一段演講的傢伙，明明誰也不想聽他們說話的，卻自我感覺良好的說個不停。

總之，應付完這群不受學生歡迎的傢伙後，葛東又開始忙碌了起來，事到臨頭才突然發覺準備不足的攤位有很多，想臨時離校必須獲得許可，初步審查離校理由也是學生會的職責之一。

在園遊會期間，因為各種各樣理由跑來找學生會的人很多，由於絕大部分學生會幹部都是班長的緣故，留在學生會室的人很少，就連艾莉恩也不在，長時間待著的只有葛東和圖書館。

「來學生會幫忙會得到嘉獎嗎？」圖書館一邊接待前來遞交申請的學生，一邊游刃有餘地問著。

圖書館對文件處理的熟練度非同一般的高，有她的幫忙，葛東輕鬆了不少，他由衷地回答道：「會有的，不但會被記大功，還會有獎狀喔！憑著今天一整天都在學生會室幫忙累積下來的人脈，將來要選學生會會長也是一件很簡單的事情！」

「我並不想做這麼麻煩的事情。」圖書館十分冷淡地拒絕了。

由於學生會室人來人往，葛東也不好找她說些比較機密的事情，但要跟她閒聊卻又不知道該說些什麼，儘管一直叫她圖書館，不過她似乎並沒有一直在看書。

「說起來學長有個妹妹？」圖書館出乎意料地先開了口。

「啊，是啊，怎麼了嗎？」葛東本身沒有特意隱瞞的意思，像是艾莉恩去他家的時候就跟妹妹照過面了。

圖書館的話，大概是那天拜託她確認陽晴談話內容的時候，順便也認識了妹妹吧！

「不讓她也加入嗎？」圖書館若無其事地提出了一個很恐怖的建議。

「當然不，我會被嘲笑至死的！」葛東想也不想就拒絕了，征服世界這種事在兩、三個月前根本就還不存在於他的腦中。

「真是可惜，學長的妹妹看起來很有資質，有她加入肯定能事半功倍的。」圖書館沒有就這個問題繼續糾纏下去，轉頭又去應付剛才推門而入的學生了。

「征服世界的資質嗎……」

圖書館突然沒頭沒腦地那麼說，葛東感到奇怪之餘，也不由得思考起征服世界需要的資質是什麼。

野心嗎？能力嗎？人望嗎……這些條件一項一項列出來，好像都是很重要的因素，但總覺得好像缺了什麼決定性的東西，而圖書館所說的資質一定就是指那種東西吧！妹妹的話……

葛東用力甩了甩頭，把妹妹的事情從腦海中驅逐出去。

在葛東與圖書館在學生會室苦戰的時候，他們的班級二年二班也陷入了苦戰。

二年二班開的是毫無創意的女僕咖啡廳，但他們擁有艾莉恩這張王牌，黑底、白圍裙帶荷葉邊的傳統女僕裝，穿在她身上，再搭配那一頭烏黑亮麗的長髮，造成的轟動讓二年二班的咖啡廳座無虛席，位置上幾乎全是同年級的男生，他們千方百計地試著讓艾莉恩來給自己點單。

經過打工的鍛鍊，艾莉恩非常職業化地招待了這些傢伙，而他們一個個則露出了死而無憾的表情。

當然，艾莉恩的身影也免不了被大量地拍攝下來。關於這點，正式開店之前就已經討論過，覺得被拍了也無所謂的女生才會讓她穿上女僕裝，不願意的人就全都到後場去，結果大部分的人都不介意被拍，甚至都有想穿一穿女僕裝的傾向。

在這樣的忙碌中，二年二班的咖啡廳迎來了一對姐妹——陽曇和陽晴。

本來陽曇不會這麼光明正大地過來，但陽晴說什麼也想見一見艾莉恩的女僕裝，於是基於安全監護的想法，陽曇只好陪著妹妹來到二年二班的女僕咖啡廳。

「歡迎回來，主人。」艾莉恩帶著甜美的笑容與聲音，招呼著已經入座的兩姐妹。

這可是艾莉恩特地去學習了女僕咖啡廳的做法，再配合她那強大的擬態能力所塑造出來的女僕形象，光是笑容就擊沉了不知多少純情少年的內心。

「唔哇！」陽曇忍不住發出了小小的讚嘆，同樣是在咖啡廳打工，她可沒辦法那麼自然地說出女僕的臺詞。

「艾莉恩學姐，可以拍照嗎？」陽晴眼睛都在發光，不由自主地舉起了手機，好在臨按下快門前還記得問上一句。

「可以。」艾莉恩這麼一答，不只是面前的陽晴，連周圍都傳來許多相機的快門聲。

其他人原本是偷偷地拍，但現在本人自己說可以拍，他們簡直就像從牢籠中被釋放出來一般，喀嚓喀嚓的快門聲響個不停，若非教室內光源充足不需要閃光燈，恐怕現在已經閃得人都無法睜開眼睛了。

「唔哇！」陽曇再次發出同樣的輕呼，但意思跟第一次截然不同了。

「這是菜單，主人想好要用什麼餐點的時候，可以隨時吩咐。」艾莉恩將一份仿皮紙板的菜單放在她們面前，轉身又去招呼其他的客人了。

「妳也拍夠了吧……」陽曇看著自己妹妹追著艾莉恩背影拍個不停的樣子，有種難以言喻的無力感。

「可是、可是，那是艾莉恩學姐的女僕裝，太稀有了！」陽晴閃亮亮的眼神簡直像個追星族。

陽曇很想告訴她說這傢伙是個怪物，但自家妹妹的奇怪喜好，大概只會讓她更黏上艾莉恩而已，這是她無論如何都想要避免的事態。

不過，想到昨會議上的討論，陽曇又不由得期待起來，ＶＩＣＩ團在武力上無法與艾莉恩匹敵，所以他們的目標應該放在葛東身上——也只能放在他身上。雖然他們還有另一個團員，那個叫賴蓓芮的一年級學妹，但她的存在感很低，陽曇幾次打聽消息，除了知道她被葛東稱為「圖書館」，以及在一年三班以外，其他部分都是一片空白。

儘管那天操控電源的人是圖書館，但她卻給人一種不怎麼重要的感覺，大概就跟友諒的等級差不多吧！

「沒有一個集團的名字有點難稱呼啊……」陽曇想到這裡突然冒出了這個念頭。葛東沒有給他的團隊取名字，不像ＶＩＣＩ團那樣有個稱呼，每次提到葛東這幾個人的時候，只能用「他們」這樣相當曖昧的叫法。

或許這是個擊破點也說不定？

「我決定好了，姐姐要吃什麼？」

來自妹妹的催促讓陽曇重新把注意力轉回來，她又在不知不覺中陷入自己的世界了，這也是陽曇在學校顯得異常安靜的原因。

「我就這個吧。」陽曇看也不看，隨手在菜單上點了兩下。

「呃……」陽晴微微一愣，卻沒有對姐姐的點單進行勸阻，等陽曇發現她在菜單上究竟指了什麼的時候，已經是兩大盤咖哩飯放在她面前之後的事情了。

「所以我剛剛點的是什麼？」見到這個異常狀況，陽曇忍不住向自己的妹妹問出了確認的話。

「大盤咖哩飯，跟特大盤咖哩飯……」陽晴把畫了標記的菜單遞給了姐姐。

二年二班的大盤咖哩飯就已經分量十足，是讓這個年紀的男生們也能吃飽的量，而特大盤咖哩則是給那種運動系大胃王，或是打算進行食量挑戰之人所設計的東西，那是真正堆積如山的米飯，與熱騰騰的咖哩醬汁混合出絕妙的氣味。

附帶一提，咖哩跟飯都是一個剛好家裡開餐廳的同學負責處理，雖然用料上不比自家店裡那麼講究，但也已經是園遊會中值得一吃的精品了。

而陽晴點的則是可愛的蜂蜜鬆餅跟奶茶，雙方之間對比強烈，讓那座咖哩飯之山特別引起了其他客人的注目。

「我……我打個電話，妳先吃吧。」陽曇拿出手機，想也不想就打給了友諒。

友諒明天才要照顧班上的攤子，所以今天跟幾個比較好的朋友在校園裡隨意地逛著，他接到陽曇的電話後立刻趕了回去，只是那座咖哩飯之山他也沒有辦法，頂多幫忙解決掉那份大盤咖哩。

原本還想接著向大叔店長求救的，但今天是平常要開店的日子，大叔身為店裡唯一的廚師，無法輕易離開店鋪跑來參加高中園遊會，所幸最後艾莉恩幫他們把吃不完的部分打包，才沒有造成食物的浪費。

「讓我遇到如此的窘境，這肯定是艾莉恩的計謀！」陽曇捧著吃撐了的肚子離開二年二班時，內心裡滿是被算計了的怨恨。

「我們班的菜單本來就設計得那麼大盤啦！」友諒搔了搔臉頰，因為有穿女僕裝的艾莉恩在，預計會有很多男客人，所以就設計成那個樣子了。

友諒被陽曇找去救急的時候，下意識地打量了教室裡頭，確實男性客人壓倒性的多，就這點而言他們當初的預測是非常正確的。

「這絕對不是巧合！」陽曇固執地認為自己遭到了陷害，而陽晴早就已經跑得不見蹤影，所以陽曇能盡情地發火道：「那個女人……還有葛東也是！特地接近晴晴究竟有什麼企圖？」

看著完全進入被害妄想的青梅竹馬，友諒很無奈地嘆了口氣，他原本是想瘋狂地逛遍所有攤位，但現在起碼吃的攤位是不用考慮了，太過劇烈的活動也被封印，難道要去禮堂看表演嗎？

友諒拿出了節目表，現在是社團展示成果的時間，就是一些像是戲劇、音樂或者其他表演類社團演出的時間，或許這才是最有看頭的部分，這麼想著的友諒不由分說地強硬把陽曇拉去了禮堂。

當友諒跟陽曇看上去在享受青春的時候，葛東在學生會室的戰況則惡化了。

「你好，我是善處街的涼快茶飲，預計給我們的攤位是在哪邊呢？」

「我是老陳烤肉，攤子的問題……」

「小哥，你們要的灌氣球的氣罐已經送來了，要放到哪裡去？」

並非是學生的問題，而是有一群攤販們前來詢問，開口就是好像來完成預定計畫似的問題。

然而根據葛東所知，學生會並沒有邀請外商前來的計畫，如果是教師層級找來的，那也不會跑到學生會來詢問吧？

總之葛東打了電話確認，得知確實沒有那樣的計畫後，他面帶難色地說道：「不好意思我們並沒有這樣的預定，是不是哪裡弄錯了呢？」

不料，這句話引爆了大危機！

「昨天是你們的學生跑來拜託說要擺攤位的，不到一天的準備時間，我們可是很拚才完成準備工作過來的，現在你跟我們說這只是搞錯了嗎！」

一群成年人氣勢洶洶地質問葛東。這段時間內他雖然處理了很多學校事務，但畢竟主要還是面對同齡人，頂多要面對比自己高一個年級的學長，而成年人看待事情可不像學生這麼單純，語言也顯得極為銳利，葛東一瞬間就被逼到了絕境。

好在這樣的情況沒有持續太久，圖書館見機不妙地打了電話，得到通知的教師趕緊過來解圍。

成年人彼此之間的對話既凶惡又直接，葛東趁機在旁偷聽到底發生了什麼事。

原來昨天晚上，有穿著柢山完全中學制服的學生去找這些廠商，邀請他們前來擺攤，說是到了之後直接來學生會室，會有相應的安排，但他們趕緊趕慢地來到這邊，聽到的卻是沒有這個計畫的回答。

僅僅憑著穿著制服的學生口頭邀約，不但沒有文書甚至連有沒有那個學生都只是一面之詞，真要論道理，葛東不覺得自己乃至於學校一方有錯，不過很可惜的，這個世界上並不是所有的事情都能按照道理來。

沒多久校長也來了，最後商談的結果是，今、明兩天在學校內找塊地方給他們擺攤，但是不可以把起因說出去，同時也要他們做證人，如果明天再有別的廠商想要進駐，必須出來證明柢山完全中學沒有邀請任何人。

對於這個要求，他們滿口答應下來，架起攤位的速度也很快，一下子就有七、八個攤位立了起來。

對沉浸在玩樂中的學生來說，有外面孰悉的店家來學校裡擺攤是非常歡迎的事情，但其中的苦澀只有葛東自己知道，因為他被叫去了校長室，詳細詢問是否有學生自作主張邀請店家。

「不可能知道的吧……」

葛東很想這麼吐槽，可惜現狀絕不允許，假如需要確認的對象在學生會內部還容易調查一點，但就算問了廠商，也只得到那是個女學生，穿著制服這樣模糊的答案。

按照這個標準，全校一半學生都有嫌疑，葛東又沒有讀心術，自然無法對校長的詢問給出回答。

「那就這樣吧，學生會會長你要加油一點，學校活動的成果等於學校的名聲，也跟學生會會長的評價有關，希望不要再次出現今天這樣的狀況。」

校長沒有苛責葛東，但他還是感受到了打擊，這種並非自己的失誤或者漏算，而是遭到意外橫禍而失敗……不，這算不上失敗，只是出了一些不受控制的情況。

但即使如此也夠讓人心煩了，葛東回到學生會室後，頗有些鬱鬱寡言的模樣。

「葛東學長，振作一點。」圖書館處理完申請離校補充物資的學生，就來到葛東身邊拍了拍他肩膀說道：「不要因為敵人的計謀就灰心喪氣，這正是他們想看到的。」

「妳說這是敵人的計謀？」葛東猛然抬起頭來，不知為何，聽說是敵人的計畫後，他的內心好過了很多。

「這是明擺著的，想想那些廠商的說詞，昨天晚上有個穿制服的女生去找他們，邀請他們過來擺攤……」

圖書館只不過是把早已知道的東西一說，但加上了某個可能性，就讓葛東的思緒豁然開朗。

會要想給他這個學生會會長找麻煩的傢伙，這個學校裡正好有一個，而且性別確實是女生！

ＶＩＣＩ團的陽曇！

不管怎麼想，她都是最大嫌疑人。

若事實真的如同圖書館推測的那樣，趁著園遊會中葛東必須待在學生會室的時候，從外側對他發起進攻，在時機方面的把握可說是相當優秀。

「想在園遊會搗亂，好讓我的評價降低嗎……這次倒是換了個手段，變得比較陰險了呢！」葛東恢復了鬥志。

只不過，鬥志恢復歸恢復，但他依然得待在學生會室，同時艾莉恩也得留在班上扮演女僕，他手中可以用的兵力瞬間只剩下圖書館。

「終於要輪到我上場了嗎？」圖書館無機質的眼眸中閃過點點流光，雖然她說自己這個外型是搭載型機器人，但卻能活靈活現地將她很想被指派任務這點表露出來。

葛東並不是很想賦予她太重要的任務，因為這個自稱外星人的傢伙，一直以來都沒有表現出讓人信賴的樣子，突然就找上葛東揭露真面目的是她、勸說葛東認真投入征服世界的也是她、不斷給艾莉恩更多征服世界計畫的還是她……

無法信任啊！總覺得把事情交給她會惡化得很快。但即使如此，葛東也沒有其他選擇了，他想了一想之後說道：「那就拜託妳去找艾莉恩，告訴她剛才發生的事情，還有妳的推論。」

「只是轉告嗎？沒有更重要一點的任務嗎？」圖書館不加掩飾地露出期待重要任務的表情，或許因為是機器人的關係，所以反而會露出更鮮明的表情。

「暫時先這樣，只是讓她知道情況而已，因為艾莉恩那裡走不開的，至於重要的任務嘛……妳可不是能執行機密任務的狀況。」葛東跟艾莉恩在打工的時候，那邊的大叔店長會要求他們把手機放在更衣室櫃子裡，艾莉恩現在應該也是老老實實地沒把手機放在身上，所以他才拜託圖書館去通知。

「確實。」圖書館沉寂了下來，又恢復了她面無表情的文靜女孩模樣，說道：「即使我能用手指發出電擊，但對方使用武器的話我就一點辦法也沒有了。」

# 第四章

# 一張很危險的「圖書館」照片。

「這麼說，今天不再做一次了嗎？」在女廁的某個隔間中，陽曇拿著手機，盡量壓低音量與另一端對話。

「不，同樣的手段密集使用是無效的，而且這並不是直接打擊對方，只是單純降低一下他的評價而已，同樣的手法連續使用兩次，會讓學校方面察覺有人在針對他，這樣反而不利的是你們。」

手機的另一端傳來了年輕女孩的聲音，雖然很年輕，但陽曇卻沒有瞧不起她的想法，畢竟她才提出第一個計畫，就成功給葛東製造了不少麻煩。

「那麼，接下來該怎麼行動？」陽曇迫不及待地想擊敗葛東，追問的語氣也變得有些急促起來。

「接下來嘛，我先進行偵查，妳那邊……」手機那一端似乎顯得有些吵雜，聲音的主人停頓了好一會兒之後才說道：「暫時不要有什麼動作，妳就好好享受園遊會吧，畢竟是高中時期重要的回憶之一呢，可不要輕易地放棄了。」

「我並不……喂？」陽曇還想再多爭取一下，但手機那一端卻沒了聲響，拿開手機一看，發現已經掛斷了。

這是何其不負責任！

明明是計畫剛成功，正適合趁勝追擊的時候，卻在這時收到了要她去玩的指示！

原本萌生出「那傢伙說不定有點厲害」的念頭，也被澆滅了許多。

陽曇忿忿地離開廁所，回到禮堂原本坐著的位置上時，發現友諒坐著睡著了，而他身邊那個屬於自己的位置也已經被不認識的人坐走，她的太陽穴不由得突突地跳動了起來，在這個年紀就享受到血壓飆升的壓迫感。

於是接下來，陽曇拋棄了友諒，自暴自棄式地代替了她的青梅竹馬，進行了全校攤位制霸挑戰！

※　※◆※　※

在學生會室裡，送走了圖書館後，葛東突然又變得閒了下來。經過一上午的運轉，他發現尚未準備好的班級也差不多都來申請了，而準備好的班級又還沒到需要進行補貨的階段。

上午的忙碌簡直像是假的一樣，葛東把體重全都放到堅硬的摺疊椅上，坐姿變得鬆鬆垮垮，反正也沒有其他人嘛……

正當他這麼想的時候，學生會室的門突然打開。

「打擾了。」

葛東慌忙擺正坐姿，但見到的卻是自己的妹妹，一瞬間緊繃起來的身姿，又以更加鬆垮的樣子癱在位子上。

「太不像樣了！」明明是妹妹，但葛茜毫不留情地發出了指責。

「這就是高中的學生會室嗎？」

葛東還來不及做出回應，妹妹身後又跟進來了好幾個女生。

於是葛東再次端正了坐姿，擺出一副具有學長威嚴的模樣。

「這是我的朋友們。我說要拿東西來給你，她們就說想看高中的學生會是什麼樣子，就一起來了。」

葛茜帶著的一行人有五個，全是女生，突然之間學生會室彷彿有種被占領的感覺。

「喔……喔，妳們隨意參觀吧。」葛東才一說完，立刻就被充滿好奇心的國中女生們包圍了。

「葛東學長、是真的葛東學長！」

「葛東學長，那天究竟是怎樣的？我們看新聞都寫得不清不楚！」

在眾多的問題中，果然還是那天的英雄之舉詢問率最高，不過葛東也已經總結出一套說詞了，跟這些女生在新聞上看到的並沒有兩樣。發覺問了半天也得不到內幕消息，女孩們都顯得有些洩氣。

「讓妳特地跑一趟也要拿給我的東西是什麼？」葛東趁機向妹妹發問，希望能藉此避開遭到糾纏的局面。

「這個，你忘記帶了。」葛茜從口袋裡拿出來的，是他的錢包。

「我沒拿嗎？」葛東下意識地摸了摸口袋，發現那裡真的空無一物。

不過，葛東有吃了早餐的印象，假如他忘記帶錢包，那麼身為外食族的他究竟是吃了什麼……

「真是的，雖然知道你最近很忙，但連錢包也忘記帶……」葛茜發出了很誇張的嘆息，隨手把錢包往他那邊一拋，對那些一起過來的女生說道：「看也讓妳們看了，應該滿意了吧？」

「滿意！」女生們不約而同地做出了回答，整齊劃一的程度令人感到驚訝。

「那就走吧，我還有好多攤子沒有去呢！」葛茜充滿大將之風地一招手，女孩們就全部跟在她的背後離開了。

「她們究竟是來做什麼的啊……」葛東一臉不解地把錢包塞回口袋。

妹妹與她的朋友參觀過後沒多久，學生會室的門口又傳來了沉穩有力的敲門聲。

「請進！」葛東連忙又坐正身子，而推門進來的卻是艾莉恩。

「班長妳怎麼……不用值班嗎？」葛東相當訝異，他本來以為艾莉恩會老老實實等到園遊會結束的時間才會過來。

「我讓圖書館代替我了，她的女僕裝也很可愛，你要看照片嗎？」艾莉恩口中在問，但手上已經把剛才拍的照片發出去了。

「滴滴滴！」葛東口袋中傳出了代表收到訊息的電子音，在艾莉恩那漆黑的雙眸凝視下，他突然對看或不看照片這件事感到了莫大的壓力。

葛東輕咳了一聲，擺出一副嚴肅的模樣說道：「我晚點再看，先說說班長對目前情況的看法吧。」

艾莉恩點點頭，來到葛東身邊坐下，立刻就說了起來：「不用太在意，這種突然襲擊的手法只能使用一次而已，襲擊得太密集，反而會讓學校知道之前的事情不是我們的責任。」

「是這樣嗎？」葛東半信半疑，如果是他的話，肯定會趁著這機會不斷進攻的。

「葛東，人望這種東西，一次的失敗會動搖那些本來就不是很堅定的傢伙，要長期的失敗，才會讓堅定的那些支持者也失望，假如在這邊遭到了密集的打擊，這也只能算是一次失敗而已，但同時也會暴露出對方的存在，相較於我們之前累積下來的東西，對方可說是完全沒有被支持的基礎，貿然將自己暴露出來只會招致怨恨而已，畢竟大家也是很期待園遊會這樣的活動。」

聽完艾莉恩一通分析，葛東突然覺得自己充滿了勝算。

「的確是這樣，勢力範圍這種東西，最早劃定的人會占有很大的優勢，後來才登場的傢伙，必須付出比我們多出許多倍的努力，同時還得期待我們犯錯，如此才能將優勢奪過去。」

艾莉恩分析完他們這一方的優勢，給自己倒了杯茶，算是讓葛東有個思考的時間。

在為他補習的時候，艾莉恩就發現，葛東並不是那種說了馬上就能理解的類型，但是給他一點時間思考，葛東就能把已經弄懂的部分和還不明白的部分區分開來，很明確地表達出他是哪個部分不能理解。

這也許是個挺厲害的能力吧，因為也有其他同學會向艾莉恩請教功課，但每次指點完之後，依舊一臉茫然的傢伙還不少，追問他們哪裡不懂，想更進一步講解的時候卻得到了「全部不懂」這樣的答案。

對於這種連自己哪裡有問題都不明白的傢伙，艾莉恩就算再有熱情也是愛莫能助。

「所以，就目前來說，我們放著不管就好了？」葛東搓著自己的下巴，艾莉恩話裡話外似乎都是這樣的意思。

「沒有餘力去管，園遊會結束後我們還要檢查各班級善後的工作，等全部忙完就要期中考了，可別忘記了我們之間的約定，要等期中考結束後，我們才有反擊的時間。」艾莉恩繞到櫃子邊，拿出了一張本學期行事曆，把她剛才所說的東西都用紅筆填註上去，這才塞進了葛東手中。

葛東攤開一看，發現未來兩週的行程確實一片鮮紅，即使有心想做些什麼，時間上也是無法辦到的。

「真是無奈……」葛東嘆息了一聲，帶著些不安地問道：「剛才班長說，太過密集的進攻反而會造成對方的不利，但是在這兩週內，我們會迎接幾次的考驗呢？」

「兩次……或者更少，園遊會有太多可以利用的破綻，但期中考跟學生會無關，我們可以從容應對，最有可能再次引來麻煩的是善後工作，這是直接面對學生的工作，要是這裡搞砸了，會直接影響一整個班級的支持。」艾莉恩從口袋中掏出了一本像是備忘錄的小冊子，在上頭寫了一連串的要點後，撕下來遞給了葛東。

「學生會這邊要先做出檢查重點原則，然後分發給各班嗎……」葛東看了開頭的第一條，這樣他的工作又要增加了。

當然，所謂善後工作要做些什麼，這是學校早就通知了全校學生，但學生會的事後檢查會做到什麼程度卻沒有規定，為了避免ＶＩＣＩ團在這之中動什麼手腳，他們必須白紙黑字的寫出來，到時候依照規定上面去做就是了。

趁著現在比較空閒，又是艾莉恩也在的時機，葛東就跟她討論該訂下怎樣的規則，大致上是艾莉恩先設計一個比較嚴格的規定，然後再由葛東來適當放寬一些條件的模式進行。

不知不覺，很快就到了園遊會結束開放的時間，這時葛東才終於能夠離開學生會室，來到自己班上看看情況怎麼樣了。

「你們真過分，竟然就這樣把我丟在這裡。」圖書館在班上待了一下午的時間，已經跟葛東的同學們混熟了，不過當他到的時候，圖書館已經換回了普通的制服，並沒見到艾莉恩大力推薦的女僕裝。

「抱歉抱歉，一忙起來就忘了。」葛東是真的忘了，因為他只拜託圖書館去傳話，後面的事情沒有親身體驗自然也忘得快。

「會給妳打工費的。」艾莉恩去跟負責管理攤位的同學討論了幾句，不一會兒就拿了一個信封袋過來。

「那我就不客氣地收下了。」圖書館先是很有禮貌地鞠了一個躬，然後才雙手接過信封。

「妳有打算買什麼嗎？」葛東見狀不由得生出了好奇心，這個外星人會怎麼使用金錢呢？

「存起來吧。」圖書館卻給出了這麼一個平凡無奇的答案。

「好吧……」葛東左右張望了一下，問道：「友諒呢，怎麼沒有看到他？」

「他的話，只有早上過來露了一次面，後來就沒看到人了。」一名跟友諒關係還不錯的男生答道。

「不只是他，輪到明天排班的傢伙差不多都一整天沒看到人，大概都瘋玩了吧。」這話則是另一個比較活潑的女生說的。

「這樣嗎……」葛東是打算找他問點事情的，不過既然人不在，那也不急著這一時半刻，等回家之後打電話也是可以的。

他跟友諒之間的友人同盟一直在進行中，不過在這段時間內，他們也沒有交換什麼情報，一邊是因為學生會的事情在忙，另一邊則是因為沒有進展。

友諒初時還會稍微跟葛東談論一下會議的內容，可是當每次會議的內容都大同小異的時候，漸漸地，他們也開始變得懶惰。

※　※◆※　※

第一天的園遊會到此結束，艾莉恩一如往常地護送葛東回家，途中他們或是談論學生會，或是談論園遊會後的工作，兩人並肩而行，肩膀跟手臂時不時地互相接觸，偶然一陣微風吹來，艾莉恩那帶著香氣的髮梢拂過他的臉，葛東忽然有種這樣下去也不錯的感覺……

假如艾莉恩能放棄征服世界就好了……

「那麼，我回去了。」艾莉恩的腳步停在葛東家樓下大門，自從為了打工而拜訪過他們家之後，艾莉恩就再也沒有跨進那扇大門一步。

「嗯，拜拜。」葛東這次並沒有立刻上樓，而是站在原地，看著艾莉恩轉身離去的背影。

艾莉恩就算是走路的身姿也挑不出一絲毛病，背脊筆直、抬頭挺胸，學生皮鞋只有在與柏油路面接觸時才會發出輕微的一聲，而不會像葛東那樣發出鞋底與地面磨擦的瑣碎聲響。

「班長……」葛東口中不自覺地發出了低聲的呼喚。

「怎麼了嗎？」艾莉恩驟然停下腳步，回頭問道。

見到艾莉恩回頭，葛東才驚覺原來他叫出聲了。

是看著妳的背影出神了……這種話是絕對說不出口的！

「禮拜一……我們禮拜一補假，妳有什麼預定嗎？」葛東情急之下，說話都顯得有些結巴了。

「沒有，怎麼了嗎？」艾莉恩眨了眨眼，園遊會這兩天的補假，屬於舊的工作已經完成，新的工作還沒到來的真空時刻。

「那我們……我們去什麼地方走走，如何？」

葛東從來沒有想過，原來說話是這麼費勁的一件事。這句話並不長，但每個字都好像要灼傷他的舌頭一般，迅速將他口中的水分揮發掉，說到最後，他彷彿在嘴裡含了一塊炭，呼吸的灼熱度連他自己也感受得到。

「去走走？」

艾莉恩忽然笑了，那個笑容與平常的似乎有些不同，但又說不上具體的差別。

「就是……去走走，我們這段時間不是一直在忙嗎？所以難得有空，就想說要不要……稍微放鬆一下。」

明明已經進入了秋天，到這個時候太陽只剩下天邊一點紫紅色的彩霞，氣溫也變得相當涼爽了，但葛東額頭上卻冒出了星星點點的汗水。

「放鬆一下嗎……也好，接下來我們可是會很忙的呢。」

艾莉恩笑容中包含的難以分辨的意味消失了，恢復成平常那個熟悉的笑容。

「那就……先這樣，明天見！」葛東已經沒有辦法繼續堅持下去，他恍若逃跑般的推開大門，大腿肌肉全力爆發，一口氣衝回了自己家。

才一進客廳，葛東就像失去了渾身的力氣，艱難地挪動到沙發上，癱坐下來大口大口地喘著氣。

他是怎麼了？並不是有什麼理由，而是突然就想到了，然後就這麼不假思索地開口邀約班長出遊……

取回理智冷靜思考的話，葛東絕對不會輕易做出那種事，當時肯定是被什麼東西迷惑了，現在回想起來，這是他第一次開口邀約女生，比起應有的緊張或者期待，他腦袋中更多是不明所以的迷糊。

真是羞恥！

自我埋怨了一番後，葛東的腦子裡很快就被禮拜一的約會填滿。

假日……雖然沒有特別說明，但應該是只有他們兩個吧？艾莉恩談得來的人很多，可是說到會跟艾莉恩一起出去玩的人卻不像是有的樣子，因為葛東一次也沒見過有人來邀請她去玩。

「啊，還是有的……」葛東突然想到了圖書館，艾莉恩要是邀請了誰，最有可能的就是她了。

想到這裡，葛東拿出手機打算發訊息給圖書館，要是艾莉恩找她禮拜一去做什麼的話，一定要用盡全力的拒絕！

葛東摸出手機，卻先看到了艾莉恩傳來的照片，就是圖書館穿上女僕裝的那個，因為之前他根本就沒把手機拿出來過，所以收到訊息的提示還一直留存著。

既然都收到了，就看吧！

這麼想著而打開照片，落入眼中的果不其然正是圖書館穿著女僕裝的照片！圖書館的身材稍顯嬌小，清爽的短髮與無框眼鏡，讓她身上散發著一股文學少女的氣息，這樣的女孩穿上黑底白圍裙的女僕裝模樣，稍稍有些違和感，只有柔順的特點被強調了出來。

艾莉恩傳給他的照片有十幾張，好像不是她拍的，而是其他人拍了之後傳給艾莉恩，然後她再一口氣全部傳送給葛東。

葛東只有第一張照片看得比較久，剩下就隨意地翻過，不過翻著翻著，他突然看到一張從低角度拍攝的照片，照片中的圖書館正要把咖啡送到客人的桌上，因此略微彎下了腰，身後的裙襬也因此拉起了些許，而照片就是在這個時候從低角度拍攝的，雖然圖書館沒有曝光，但一雙大腿完全入鏡，實在是一張很危險的照片！

「這是誰拍的？明天得去說一聲，這樣的拍法不太好……」葛東眼睛望著照片，腦袋卻已經想著別的事情，目光並沒有對焦在手機上。

就在這個時候，比較早回家的妹妹從房間裡鑽了出來，無聲無息地來到他身邊，嘴巴講著「我跟你說……」，眼睛卻本能地往葛東手機上的畫面飄去。

「啊，什麼？」葛東毫無防備地轉過頭去，他的注意力已經跑到別的地方去了，忽略了自己手機中還開著圖書館的女僕裝照片。

「你……」妹妹話都還沒開始說，就先被手機上的畫面震驚了。

「嗯……啊！」葛東見妹妹突然發起了呆，便也順著她的視線望去。

葛東看了一眼手機，又轉頭望向妹妹，正好妹妹也將視線轉移過來，兩人四目相交。

「那個……我可以解釋的。」葛東將照片滑開，恢復了最初的待機畫面。

妹妹無言地拍了拍他的肩膀，就這麼回去自己的房間了。

「等等……等等啊！」葛東在客廳裡，發出了誰也沒有理會的悲呼。

因為遭遇到了太過衝擊的狀況，原本想傳訊息給圖書館與打電話給友諒這兩件事，徹底被他拋在了腦後。

# 第五章 第二位四天王的出場。

禮拜天，今天是園遊會結束的日子，有了昨天的經驗，學生們都能熟練處理攤位上的事情，而那幾家商家也再度過來擺攤。

儘管艾莉恩分析今天不會再有同樣的狀況，不過葛東依舊提心吊膽，直到中午過後才漸漸放下心來，看來今天可以平安度過了……

正當葛東這麼想的時候，他的手機響了起來。

「喂？」葛東接起了電話。

「學生會會長嗎？學校後樹林那邊，有人違反規定在放鞭炮！」手機另一端是不認識的聲音，說話有些快。

「後樹林？C棟那個嗎？」葛東稍微確認了一下，得到肯定的答覆後結束通話打算去看看，但手機立刻又響了起來。

「學生會會長嗎？游泳池的大門不知道被誰打開，有外來的遊客跑進去了！」

「學生會，操場上突然出現了好多蛇！」

諸如此類的突發狀況在同時間一起爆發，而且都是很需要立刻處理的情況，葛東陷入慌亂當中，他首先想到的是聯絡艾莉恩，但隨即又被自己否定了。

葛東現在最需要的是人手！艾莉恩再厲害也只有一個人，而且這兩天學校裡到處都是人，在不暴露實體的情況下，她最多只能扮演一個能力卓越的高中女生。

葛東衝出了學生會室，他首先前往的是操場，畢竟出現蛇這種事情關乎性命，其他的地方頂多以後處理麻煩一些……希望後樹林那邊不要起火就好！

不過，當他趕到操場時，那邊卻已經恢復了平靜，葛東上前詢問，發現一開始那些蛇的確造成了強烈的恐慌，但很快大家就發現，那些只是塗裝精美的假蛇，好像還用上了讓蛇扭動的機關。

「到底是誰做出這種事！」

葛東拉住的那個學生忿忿不平，但葛東趕緊先向教師辦公室報平安，然後又匆匆趕去後樹林。

同樣的，後樹林那邊雖然有鞭炮爆炸的痕跡，但施放鞭炮的地點好好地做了防火措施，選了樹木比較稀疏的地點，又仔細地將雜草與落葉都清乾淨，露出一圈泥土地，最後還挖了個洞，鞭炮都是在那個洞裡點燃的，全是些聲音很大但沒什麼火花的種類。

結果，打開的游泳池那邊才是最麻煩的，因為最先跑進去的是小孩子，他們直接就穿著衣服跳進泳池，葛東費了好多力氣才把他們勸上岸來。

「更像是大型惡作劇啊……」葛東來回奔走了一陣，結果發現實施者本身更加注重安全，似乎只是讓他白白消耗了體力而已。

過了一會兒，操場上的假蛇被送到學生會室來，裝了整整一紙箱，葛東看著有些似曾相識，好像他也曾經在自己的抽屜裡見到過……

「果然是ＶＩＣＩ團嗎……」葛東這下子想起來他昨天原本要找友諒的事情。

友諒今天輪到在攤位值班，不過他負責的是雜務，所以當葛東打電話來的時候，他很快就接了起來。

「啥事？」友諒懶洋洋的聲音傳了過來。

「ＶＩＣＩ團那邊有什麼變故嗎？」

「你怎麼突然問這個……算了，我原本打算明天告訴你的，我們這邊又多了一個四天王的樣子。」

「又多了一個四天王？」葛東突然聽到這個重磅消息，聲音不由得抬高了些許。

但友諒的聲音依然是那麼平淡，好像並不是很在意地說道：「是啊，我們前天開例會的時候，突然冒出來說要加入，後來大叔跟她單獨談了一會兒的話，就宣布她即將擔任四天王的位置。」

「那你怎麼沒把ＶＩＣＩ團這兩天的計畫告訴我？」葛東很不諒解地追問著，連續被戲弄，就算是脾氣再好的人也難免生氣。

「什麼計畫？」友諒茫然了。

「你不知道嗎？」

「不知道……發生什麼事了？」

葛東發覺事情好像跟他想的不太一樣，於是把昨天廠商找上門來，跟剛剛一連串的騷動告訴了友諒。

「原來他們的出現不是安排好的嗎？」友諒沉默了一下，總算意識到狀況不妙，壓低了聲音說道：「這個我真的不知道，他們什麼也沒跟我說……葛東，他們是不是發現我們之間的交流了？」

「……ＶＩＣＩ團對待叛徒有什麼手段嗎？」

「你別鬧了，我現在真的有點擔心……」

「我們都是直接打電話的，就算有人動我們手機，也沒有通訊紀錄以外的東西，我們本來就經常互相聯絡啊！」葛東稍稍思考一陣後，覺得應該不是這裡露出了馬腳。

「說得也是呢……」友諒也覺得不是這個原因。

接下來變成了他們推理友諒有沒有被識破的談話，直到葛東發現這樣憑空猜想一點意義也沒有，才總算終止了這種行為。

結束通話，葛東又去了一趟教師辦公室，今天這樣的騷動，葛東的處置說不上多麼出色，但也中規中矩不顯差錯，再加上那些事情看起來都不是學生會能事先阻止的，因此他的評價反而稍有上升。

葛東那邊沒什麼進展暫且放一放，卻說友諒這裡得知了這兩天發生許多事，但他一點風聲也沒聽到，即使剛才被葛東安撫了一會兒，但依舊感到很不安，於是他立刻打電話給陽曇。

「喂？」陽曇很快就接了起來，她那帶著興奮的語調被友諒敏銳地察覺了。

「我聽說了剛才的騷動，是我們做的嗎？」友諒裝得一副後知後覺的樣子，小心翼翼地打探著。

「你在說什麼啊，這是當然的吧！新加入的那傢伙還挺厲害的嘛！」陽曇聲音裡滿是開心，連呼吸也變得急促了少許。

「可是我不知道有這樣的計畫……」友諒單刀直入地說道。

「你不知道？」陽曇頓住了一小會兒，說道：「我是直接接到她的聯絡，難道她不是給所有人一份計畫書嗎？」

「至少我沒收到……」友諒隱隱約約有不好的預感，那個新來的傢伙一登場就遮掩著臉，現在又這樣採取了單線聯絡的方式，不管是有意無意，確實是讓葛東毫無防備地中招了。

「我會去問問看大叔……我是說首領。」陽雲最開始那股再度執行計畫的興奮勁已經冷卻了下來，尤其是得知友諒竟然被瞞著的時候，她不由得生出了一股危機感。

難道這個新來的傢伙是想拉攏她，從而占據ＶＩＣＩ團嗎？

可是，雖然接觸的時間不長，但那傢伙絕對是個聰明人，他們也沒有隱瞞ＶＩＣＩ團人數很少的事實，而且一旦把戰鬥力最強的首領取代了，他們就更加沒有辦法與葛東他們對抗了。

不過陽雲現在沒辦法聯絡大叔，因為她跟葛東加上艾莉恩，在咖啡廳最忙的週六、日都請假了，儘管大叔去找了同樣在開店的朋友幫忙，借了幾名人手過來，但現在應該是正忙的時候，陽雲不想再多給大叔增添困擾。

「但是那傢伙是怎麼想的，我先確認一下吧！」陽雲這麼想著，並從電話簿中找到了最新登記的那個號碼。

經過短暫的響鈴，陽曇的這通來電被接了起來。

「唔唔……怎麼了嗎？今天已經沒有別的任務了。」手機裡傳來了好像正在吃東西的聲音。

「我是想問妳，為什麼沒有把我們的計畫通知……戰鬥員甲？」陽曇忙碌了一上午，就是為了執行那些惡作劇，儘管這也是她本人強烈要求的，但是發現提出計畫的傢伙竟然這麼輕鬆地在吃東西，火氣不由得噌噌地竄了上來！

怎料，陽曇滿懷怒氣的質問，卻被對方用意外的語氣反問道：「為什麼我還需要通知他？」

「妳問……為什麼？」

「是啊，為什麼需要通知戰鬥員甲？我又沒有需要他去做的事。」

結果反而是發起質問的一方氣勢先衰弱了下來，陽曇很努力地轉著腦袋中的想法，編織著理由道：「我們、我們現在人數很少，所以每個人都很重要，我也期待所有人都能團結一心……什麼的……」

「可是我是四天王啊，就算目前沒有中級幹部，也不至於需要照顧最底層人員的心情吧？」

「這個……」陽曇啞口無言了。

對方等了一會兒，等不到陽曇開口，就說道：「那就先這樣吧，我這邊也有很多事情要做，不要為了這點小事就來打擾我！」

陽曇拿著掛斷的手機悵然無語，ＶＩＣＩ團在最初設立職位的時候，其實並沒有那麼詳細，直接就拿影視作品中常見的稱呼來使用，因為人少加上實質活動不多的關係一直沒有出問題，直到這次那個新任四天王的反問，她才忽然意識到這種職位上的差距。

一時之間，對首領提出組織改革的建議、對將來的不安，以及該怎麼跟友諒說明理由，這種種問題充斥於她的腦中，成功執行惡作劇的喜悅完全消失了。

※　　※◆※　　※

園遊會順利結束了，本來葛東以為還會有後續的搗亂活動，可是就這麼無聲無息的結束了。

學生會這邊，開了一個召集所有成員的短暫會議，大致上就是要求各班善後要認真負責云云的官腔，同時還把設計好的檢查守則發了下去。

「到時候我們會按照這個標準執行，如果有什麼不明白的地方可以說出來大家討論一下。」葛東環視了一圈，那份守則可是艾莉恩跟他兩個人很努力弄出來的。

沒有人吭聲。

「那麼，如果沒有其他事情的話，可以散會了。」葛東話音才落，幹部們紛紛迫不及待地離開了學生會室。

「真是一群沒有野心的傢伙……」艾莉恩略感無奈，當初他們的設想可是要在學生會當中挑選夥伴的。

「這也是沒辦法的事，學生會的工作在他們看來全是義務，能遵守時間沒有遲到已經是很尊重學生會了。」葛東完全能理解那些人的想法，要是換個位置，他肯定會在學生會會長說話的時候開小差的。

「可是這樣的話……」艾莉恩嘟囔了幾聲，卻沒有就這個問題繼續糾纏下去，話題很快就轉移到了今天下午的事件上。

「他們到底在想什麼？」葛東後來一直在思考這個問題，擅自邀請商家過來擺攤那次，是貨真價實地給予了他打擊，但今天的事情則否。如果這些事件都是出自於那個新任四天王的手筆，為什麼差異會這麼大？

艾莉恩與圖書館也加入了討論，但情報太少沒有結論，最後只做出了要加強對葛東身邊的警戒這點。

「圖書館呢，妳一直都是一個人，要不要跟我們一起行動？」艾莉恩轉頭又向圖書館問道。

「不用，我有這個。」圖書館從口袋中拿出了電擊棒。

不知道為什麼，艾莉恩很相信她有自保的能力，對圖書館說了一次之後也沒有再多做勸說，只是如同往常一般把葛東送回家。

到了葛東家樓下大門的時候，艾莉恩開口問道：「那麼，我們明天要去哪裡走走？」

「明天……」葛東一直沒有提這件事並非忘記了，而是他始終想不到一個滿意的地點，不知不覺就這麼拖延了下來。

但是，迎著艾莉恩詢問的目光，葛東必須給出回應，他輕咳了一聲之後說道：「明天十點，我們在公園見面吧。」

「十點，好。」艾莉恩點點頭，沒有多問就離開了。

葛東所說的公園，是附近一個接近商業圈的地方，從那邊不管要去逛街、看電影，還是找地方吃東西之類的都很方便，這也造成艾莉恩一聽碰面地點在那邊，就以為他已經安排好了行程，因此不再過問了。

目送艾莉恩的背影消失在巷子口後，葛東才轉身上樓，一邊認真地思考起要帶艾莉恩去做什麼。

葛東考慮了半天，想出好幾個地點，但似乎都有這樣那樣的缺點，因此他不得不拉下臉來，去妹妹的房間外頭敲門道：「葛茜啊，妳說公園那附近，有什麼女孩子會喜歡的地方呢？」

「女孩子喜歡的地方……你問來要做什麼？」

妹妹的房門沒有關，敲門只是提醒她有人過來了而已。

「就……有派上用場的機會。」葛東不好意思說是一時腦子發熱地約了艾莉恩，支支吾吾地想敷衍過去。

然而，所謂的妹妹，在看破哥哥內心這種事上是有天賦的，她輕易看穿了葛東支吾背後的真相。

「受歡迎的地點嘛……」妹妹腦中浮現了艾莉恩的模樣，那樣的完美資優生會喜歡什麼，她一點頭緒也沒有。想了一會兒之後，她給出一張安全牌道：「電影院、咖啡廳、保齡球館、書店……現在好像有一個什麼美術展也在那附近，但是確切的地點我就不清楚了。」

「謝啦！」從妹妹那邊得到了建議，葛東迅速在腦中構思起明天的計畫來。

但是妹妹又接著說道：「吃飯反正麥當勞就可以了吧，那位班長好像也不是因為這點小事就會生氣的樣子。」

「什麼……為什麼妳會知道？」葛東大吃一驚。

「事到如今你還在說什麼啊，只不過是一起出去，會讓你在意到特地來問我的，也只有那位班長了吧！」妹妹無情地揭穿真相。

「我……」

我也是可以約到別的人喔！

本來葛東想這樣反駁，但仔細一想卻又覺得沒有意義，因為他就算約了別人，也確實不會專門跑來問妹妹女孩子喜歡的地點。

「我要繼續唸書了。」妹妹不費吹灰之力地取得勝利後，就轉回頭去面對書桌了。

戰敗者默默退場，葛東回到自己房間計畫行程，然後到了第二天……

※　※◆※　※

一早起來，葛東設想好了一切，比如要是路上耽擱了該怎麼辦之類的。

於是他足足早到了二十分鐘。

坐在長椅上滑手機等待……但這個平常用來打發時間的方式根本行不通，所有的網頁跟小遊戲彷彿都失去了吸引力，他三不五時就抬起頭來確認每個聽見的腳步聲。

在距離約定的時間剩下五分鐘時，艾莉恩打了電話來，葛東跟她確認了自己的位置，沒等多久，他就看到艾莉恩一行人浩浩蕩蕩而來。

沒錯，艾莉恩，與她身邊的一行人。

葛東這才想起來，那天翻看圖書館的照片被妹妹發現後，他忘記的不只是跟友諒通話，還有要求圖書館拒絕艾莉恩的邀請。

所以圖書館出現在這邊很合理，但另外那一個是怎麼回事？

「為什麼陽晴也一起來了呢？」葛東指了指跟在艾莉恩身邊的國中女孩，這傢伙可是一直想著要揭穿艾莉恩的真面目啊！

「我本來想邀請艾莉恩學姐去玩的，正好你們也要出去，就一起過來了！」陽晴非常有精神地打著招呼，臉上的笑容就如同她名字一般的燦爛。

陽晴依舊背著她那顯得過大的包包，身上穿著方便活動的T恤，戴著一頂抗紫外線遮陽帽，相機用細繩串了掛在脖子上；比起裝備齊全的上半身，她下半身就只是一件迷彩多袋褲，再往下就是鞋子了。

「我們先約在學校見面，然後才過來的。」圖書館在一旁補充說明，

這個搭載型機器人穿著黑襯衫加上深藍牛仔短外套，搭配灰黑格子裙以及黑絲襪，最底下又蹬了一雙黑色的皮短靴，如果這一身是穿在艾莉恩身上，或許會有種俐落的帥氣感吧，但圖書館散發出的那股柔弱氣質，把這套服裝應有的感覺都沖淡了。

最後，是艾莉恩，沒有什麼好說的，就是制服。

仔細想想，除了必要時，像是打工或者園遊會那種時候，葛東沒有見過艾莉恩穿便服的模樣，即使是禮拜六的打工，艾莉恩也是穿著制服去ＶＩＣＩ咖啡，禮拜天幫他補習的時候是在學校所以也是制服，大概是太過習慣了，所以葛東從來沒有因為艾莉恩的

打扮而產生疑惑。

但是今天不一樣，葛東略一猶豫後問道：「班長，妳為什麼是穿著制服呢？」

「難不成穿體育服比較好嗎？」艾莉恩低頭看了一下自己的裝扮，然後十分不解地反問道。

葛東一愣，他模模糊糊地想到了什麼，問道：「不，不是制服或是體育服的問題，妳沒有其他的衣服嗎？」

「我在家裡的時候還會穿國中的運動服，但是袖子跟褲管都有點短了，出門還是得穿現在的。」艾莉恩打量了一下自己的裝扮，視線所及的部分都非常完美。

「艾莉恩學姐國中也是讀這裡嗎？」陽晴好奇地發問了。

「不是，我國中讀的是另外一間，高中來這邊是因為柢山給的獎學金比較多。」艾莉恩輕描淡寫地好像高中無須考試隨她選擇一般。

「所以說艾莉恩學姐沒有便服？」圖書館也跟著加入進來，她的眼眸中又閃過了一些光點。

「沒有，畢竟我是……」艾莉恩露出了困擾的表情。

艾莉恩在這裡的身分是棄嬰，而且因為完全沒有親屬的關係，所以監護權是屬於育幼院，但她拒絕了所有的收養要求，依靠獎學金來維持生活，實際上是相當拮据的。

「看來計畫要改變了，我們就先去幫班長買衣服吧！」葛東昨天做的計畫都作廢了，不全是因為艾莉恩的關係，也有人數突然增多的緣故。

「咦，幫我買衣服嗎？」艾莉恩眼睛都睜大了幾分，不明白為什麼話題會一直環繞在衣服上。

「嗯，沒有便服實在太奇怪了……」葛東顧慮著陽晴在場沒辦法多說什麼，但是他相信光憑這樣就能讓艾莉恩理解了。

「是這樣嗎？」艾莉恩一臉茫然，完全辜負了葛東的暗示。

「去嘛去嘛，我也想看艾莉恩學姐穿上可愛服裝的樣子！」陽晴起鬨似的叫著，拉著艾莉恩的胳膊前後搖晃，徹底活用了身為學妹的優勢。

「那就走吧……」艾莉恩見眾人都同意了，也沒有堅持什麼。

## ◆◆◆第五章　第二位四天王的出場。

從公園步行個十分鐘左右，有一家占了三層樓的衣服賣場，葛東他們家要買衣服的話這個地方是首選，賣的衣服雖然不是高級貨，但勝在種類繁多，品味好的話也是能搭配出不錯的效果。

直到抵達那間衣服賣場，葛東才赫然發現，他竟然帶著三個女孩來買衣服！

# 第六章 征服世界是不能有絲毫放鬆的工作。

陽晴固然是一個熱愛超自然的女孩，但她畢竟還是一個女孩，進了賣場即使不買衣服也不由自主地挑選起來。

而圖書館的表現比較奇怪，她一件件地拿起衣服，上上下下彷彿掃描一般的看過後，便又按照原本的樣子放回去，真的是按照原本的樣子，不管是摺疊方式或者擺放的模樣，都是一模一樣沒有絲毫分別！

至於艾莉恩……很明顯的，她在模仿。

因為是禮拜一的上午，沒多少人會挑這種時候來逛街，因此店裡只有他們幾個，艾莉恩一開始是望向圖書館的，但即使是艾莉恩也看得出來這傢伙的行動很奇怪，於是她參考的對象就變成了陽晴。

艾莉恩模仿得很快，她完全照著陽晴的動作做一遍，一下子就明白了那些動作的涵義，於是接下來挑選衣服的時候，她就用了資優生應有的姿態來表達那些動作。

比如說，陽晴會注意衣服的顏色，她喜歡比較明亮的服裝，也注重衣服的料子，那些布料比較硬的總是一摸就放回去，並且相當重視內側的縫線處，只不過這邊就不明白她的標準是什麼了，葛東也不好去一件件確認女裝的情況。

所以放到艾莉恩身上就變成，挑的全是符合乖乖牌資優生印象的素色衣服，料子也是以耐磨為主……諸如此類，簡直就是勤儉就學的代表。

最後葛東受不了了，於是從某處的衣架上拿了一件衣服，塞給艾莉恩說道：「買這件吧！」

「咦，可是……」艾莉恩看著手中的衣服有點驚訝，那是一件紅底帶黑的直條紋長襯衫。

「總之先試穿看看吧！」

因為是長襯衫，也不用特地去試衣間，就可直接在現場套上，這件紅黑長襯衫下襬到了小腿，稍微拉緊一些衣領，整個人就包裹在這股顏色當中，長直髮披散在肩膀上，在寬大的長襯衫下，屬於女孩子的曲線依然掩飾不住。

「還需要一件T恤。」不知道什麼時候，陽晴出現在葛東背後。

「妳覺得什麼顏色的比較好？」葛東也有這樣的感覺，學生制服的衣領跟長襯衫有些衝突。

「嗯……」陽晴陷入深思當中。

「這個紅色比較暗，搭配橙色應該不錯，這是協調色搭配的效果。」圖書館一直沒有遠離，也跟著加入了意見。

「那就……試試吧？」

橙色T恤的效果確實不錯，於是就這麼決定下來，只不過在付帳的時候，葛東卻搶在艾莉恩之前拿出了錢包。

葛東錢掏得很快，接著店員看了他們一眼，結帳的速度也很快，一瞬間所有的事情都完成了。

「葛東？」艾莉恩再度露出驚訝的表情，她掏錢包的動作就這麼凝固在半空中。

衣服並不是很貴，但葛東突然這麼做，讓她有種措手不及的感覺。

「這是我選的衣服，就讓我來付吧！而且班長幫了我這麼多忙，我都還沒表達過謝意呢。」葛東彷彿辯解一般的說著，同時他注意到另外兩人的視線。

葛東被三個女孩子同時注視著，臉上不由得有些微微發燒起來，想要從這個情況下擺脫似的說道：「時間也差不多了，我們去找地方吃飯吧！」

換上便服的艾莉恩更加地吸引人目光了，在打保齡球的時候還遇到隔壁球道可能是大學生的人過來搭訕，問說要不要一起玩，被艾莉恩有禮而堅定地拒絕了。

好在對方之後沒有再多做糾纏，不過雙方之間也建立了交流，實質上也近乎是在一起玩了。

離開保齡球館，因為人數變多所以取消了書店和電影院的行程，接下來他們就直接去了咖啡廳，在那邊吃著下午茶跟聊天打發時間，不知不覺中，很快就到了葛東和艾莉恩去打工的時間了。

園遊會補假是學校補假，ＶＩＣＩ咖啡還是照常營業，所以才剛在某家咖啡廳裡吃完下午的茶點，就已經要解散了。

「咦，這就解散了嗎？」陽晴還以為高中生都會玩到天黑呢！

「我們要打工啊。」

葛東這麼一提醒，陽晴才忽然想起來這點。

「那我也去找姐姐！」陽晴還不想與他們分開，特別是今天她好幾次近距離接觸艾莉恩，甚至買衣服的時候也藉口幫忙擠進了試衣間，但除了被她完美無瑕的軀體驚豔了一番以外，什麼異狀都沒有發現。

「那我也去坐坐吧，我還不知道你們在什麼樣子的地方打工。」圖書館也表達了類似的意思，於是一行人就集體往ＶＩＣＩ咖啡前進。

可想而知，當已經在店裡的陽曇見到葛東一行全員出現的時候，她提起的警戒幾乎要化成實質的警報聲了。

「姐姐！」

陽晴的出現讓氣氛略微緩和了一些，陽曇沒有多說什麼，只是把圖書館跟陽晴當成客人對待，帶她們到一處空著的位子坐下。

然後，葛東可以明顯地感覺到店裡的氣氛緊繃了起來……

不，說是店裡的氣氛有點不準確，應該是工作人員之間的氣氛緊繃起來，像是陽曇毫不掩飾她的戒備，而廚房裡大叔店長的視線若有若無地總在葛東身上打轉。

明明是習以為常的打工，精神壓力卻超乎尋常的大，葛東已經開始後悔答應讓圖書館過來了……

大概是因為有圖書館在，所以陽晴喝完咖啡後沒有去員工休息室，而是留在店裡與圖書館說話，她們兩個似乎聊得很盡興，一直坐到了快要打烊的時候，圖書館才向陽晴告別。

「不再等一下嗎？他們快下班了，到時候我們就可以一起回家。」陽晴不想就這麼結束談話，她還是第一次遇到能聊這麼多超自然話題的人。

「我住的地方比較遠，再待下去回家就太晚了，不好意思。」圖書館站了起來，好像姐姐那樣摸摸陽晴的腦袋後，就離開了ＶＩＣＩ咖啡。

圖書館走了以後，對於一個人待在店裡感到無聊的陽晴，也就來到了員工休息室，沒過多久就到了打烊的時間。

與往常一樣，葛東比較快換好衣服出來，於是陽晴很興奮地拉著葛東，說道：「蓓芮學姐好厲害，竟然懂得那麼多！」

「什麼……妳說什麼？」葛東被這沒頭沒腦的一句話弄迷糊了。

「我跟蓓芮學姐聊了好多外星人的事情，她知道很多我聽都沒聽過的傳聞，就像是南美……那個名字很難記得的遺跡，那個門其實是宇宙船的信號發射裝置，就像是燈塔那樣的東西，直到今天也還在運作！」

「……從她口中說出來，可信度真不是異常的高啊！」葛東決定回去後要搜索一下那個南美遺跡。

「對吧！對吧！」陽晴以為葛東是在附和她，卻不知道他真正的想法是什麼。

她沒有注意到葛東那若有所思的表情，只是很開心地說著她剛才從圖書館那裡聽來的事情。

圖書館跟她說了很多與外星人有關的東西，像是先前說的那個南美遺跡，還有歷史上某些懸案也是外星人做的。

像這種事情說出來真的沒關係嗎?葛東不由得這樣想。

女孩子換衣服雖然比較慢,但也沒有慢到那種地步,所以當艾莉恩出現,意味著他們要回去了的時候,陽晴不由得感到了寂寞。

「圖書館……我是說妳蓓芮學姐平常都會在圖書館櫃檯,妳可以去找她。」葛東看著她的樣子就忍不住想要幫上一把。

「圖書館嗎?好,我會去的!」陽晴還想說些什麼,但是被陽曇拉到一邊去了。

在回去的路上,葛東跟艾莉恩之間顯得有些沉默,他三番兩次地鼓起勇氣想說話,可是一見到艾莉恩那平靜的臉,所有的勇氣就煙消雲散了。

就這麼一路沉默地到了葛東家那條巷子口,再繼續下去馬上就要到艾莉恩告別的時刻了,樓下那扇看得很習慣的灰白色大鐵門,如今突然變得不順眼起來。

就在這個時候,艾莉恩左手提著的紙袋擦到了葛東的大腿,低頭一看,只見紙袋中裝著紅黑直條紋長襯衫和橙色T恤。

說也奇怪，看到這兩件衣服，剛才那份怯懦一下子就飛到九霄雲外，葛東自嘲地笑了一下，轉頭問道：「班長覺得今天怎麼樣？」

「跟過去沒什麼兩樣。」艾莉恩的回答，讓葛東知道她沒有聽懂自己的意思，於是葛東挑明了說道：「我不是說打工，我是說今天出去玩的事情。」

「那個啊……」艾莉恩很認真地思索了以後，露出抱歉的表情，接著說道：「我不清楚……」

「不清楚？」葛東本來見到她思考的樣子，覺得有些不妙，所以已經做好得到惡評的心理準備，但結果似乎比他想像中要好得多。

「嗯……因為，沒人告訴過我玩應該是怎樣的。」艾莉恩有些困擾，因為她一直在模仿，模仿的條件就是師長們口中的好孩子。

好孩子的條件有很多，只要跟艾莉恩說，她就會去模仿，通常都能模仿得很好，到現在形成了大家眼中的完美班長。

可是沒人告訴過她玩樂這件事是怎樣的，艾莉恩所學習到的都是會被稱讚的事情，即使人們承認玩樂也是生活不可缺乏的一部分，但要是說某人擅長玩樂，卻不是善意的說法。

所以艾莉恩不懂什麼是玩樂，她今天參與在其中，並沒有表現出任何不適應，可是她依然不懂什麼是玩樂。

「這樣啊……」葛東想了想，換了個方法問道：「那班長覺得開心嗎？」

「嗯，很開心！」艾莉恩把紙袋提了起來，抱在自己胸前說道：「像今天這樣出去玩，是我第一次經歷，很開心。」

「那就好，開心才是最重要的，人類玩樂是為了讓自己開心，所以只要找到能讓自己開心的方式，就能說已經找到了玩樂的方法。」葛東悄悄地鬆了一口氣，最起碼今天的成果還不錯。

「只要開心……就是了嗎？」艾莉恩聽了這解釋，臉色卻變得有些嚴肅。

「是啊，班長覺得這樣不對？」葛東不明白為什麼會出現這種反應。

「因為照這種說法，我們征服世界的行為也變成是在玩了。」艾莉恩所受到的教育中，玩樂都是一種需要節制的行為。

葛東微微一愣，沒想到問題會出在這裡，但很快地他就想到了說詞。

「當然是在玩！」葛東感受到一陣強烈的滑稽，而他也沒有抑制這陣笑意，只聽他夾雜著笑聲說道：「班長也應該知道，征服世界是一件多麼困難的事情，如果不是為了取悅自己，誰會把這種事情當成目標來做！」

艾莉恩稍稍皺起了眉，不是很同意地說道：「這種說法好像從根本上否定了所有的征服者呢！」

「不是這樣的，或許征服者的動機有別的稱呼方式，像是野心、欲望，或者是更加科學的說法是為了掠奪土地與財富等等……不過實際上，想滿足自己的成分還是更大一些吧！」

葛東不知不覺間進入了唬爛模式。他略微提高了聲量，好像在演講般的說著。

「即使只是在玩建設類的遊戲，玩家也會想要更大的土地、更大的建築，以及更多的資源，更不要說假如這一切是在現實世界當中，人類總是試圖占有更多的東西，以往人類所有的產出都來自於土地，所以歷史上的征服者們，無不以占領更多的土地作為目標，直到被自然疆界所阻止。」

「當這種占有欲擴大到極致的時候，就形成了征服世界這種願望，現在說要征服世界，需要占領的已經不僅僅是土地，而是去征服土地上的民眾，征服他們的精神，讓他們發自內心的認同我們，這才是現在征服世界的重點！」

演說到這裡告一段落，並非是葛東的演講欲望發洩完畢了，而是他一時詞窮。葛東本來就不是那種才思敏捷的傢伙，讓他坐下來好好思考，就能完成一篇像樣的作文，但這種即興發揮卻不是他擅長的部分。

因此當腦子裡想到的那一段說完之後，葛東就顯得無以為繼了。

好在艾莉恩並沒有催促他繼續說下去，而是很認真地思考他的說法後，不知為何有點小心翼翼似的說道：「那麼你說，征服世界後所要採取的措施……」

「這個也會做的，畢竟征服了世界以後，世界就變成我的東西了，必須讓它變得更加美好一點才是。」葛東其實已經忘記那篇作文寫了什麼，於是趕緊補充道：「如果班長有什麼建議，也可以提出來我們討論一下。」

「嗯，我知道了。」艾莉恩點點頭，又把紙袋抱得更緊了幾分。

談話到此結束，他們原本就已經到了葛東家的那條巷子，只差幾步路的距離而已。

回到家的葛東，一進門就看到在客廳看電視的妹妹，兩人四目交會，雖然妹妹並沒有開口，但葛東知道她的眼神就是在詢問。

「還挺不錯的……不過我們是四個人去的。」葛東搔了搔臉，跟妹妹報告這種事總是怪怪的。

「四個人？」妹妹訝異地反問著。

「嗯……陽晴她也跟來了，還有另外一個女生……」葛東現在覺得這樣也比較好，最起碼陽晴的吵鬧性子把場面變得很熱鬧。

「陽晴也去了？」妹妹的眼睛瞪得更大了，因為是在家裡，所以她沒有綁那個丸子髮型，妹妹下意識去摸丸子的手指抓空了，這是她感到意料之外時的表現。

「她好像很喜歡班長的樣子。」葛東也不是不能理解，當他見到陽晴出現的時候同樣也是相當意外的。

「不是這個原因啦……」妹妹哼了一口氣，轉頭望向電視。

然後葛東又叫了她一次，結果遭到無視，這代表對話暫時結束了，葛東聳聳肩回到自己房間。

※　※◆※　※

第二天也是補假，這天葛東無所事事地待在家裡一整天，他好像很久沒有這樣懶散一整天了，禮拜一到五要上學，禮拜六打整天工，禮拜天還要讓艾莉恩補習功課……

葛東從未經歷如此緊繃的生活，不過現在看起來他適應得還不錯，人類果然是適應力超強的生物。

下午的打工沒有發生什麼事，然後時間來到了禮拜三。

葛東沒有特別早到學校，就是按照正常的上學時間，大概比上課鐘早那麼五分鐘到。但是今天的學校有些狀況，平常學生總是匆匆經過川堂，今天卻圍在一處公布欄前，細細的私語聲從那邊若有若無地傳出。

葛東經過的時候也好奇地張望了一眼，但他身材並不是特別高，所以視線被遮住了。他也沒有那種一定要看到的堅持，可是那群學生中不知道誰回頭看到了他，驚呼了一聲：「學生會會長？」

然後圍在面前的那些人一下子都散開了。

那並不是讓一個位置給他看公布欄的樣子，更像是迴避著什麼似的，在葛東周圍散成了一圈。

葛東心頭嘀咕著，把視線往公布欄投去。

那是一張彩色列印的Ｂ４紙，最頂端是兩張照片，照片看上去相當清晰，而且還對過焦，就像是出現在新聞上頭的遠照一樣，即使拍攝的距離甚遠，但主要人物依然面目可辨。

第一張照片是街頭遠景，裡頭的重點是四個人，走在最前面的是葛東和艾莉恩，後頭則是圖書館和陽晴。葛東記憶猶新，那是他們剛從保齡球館出來，準備去吃下午茶的時候。

第二張照片則是葛東在ＶＩＣＩ咖啡打工時的模樣，照片中的他正在替客人收拾餐具，這張就顯得清楚多了。

而照片下的文字標題則寫著：「我們的榜樣？」

再往下就是文字，內容……簡略而言，就是黑函吧。

先說明了學生會會長應該是學生的榜樣之類的官樣文章，然後把葛東一年級時那不是很起眼的成績公布出來，說他忙著打工、忙著玩，無法全心全力當好一個學生會會長，同時暗暗諷刺了他是依靠先前的事件，大家是在「狂熱的氣氛中，不理智地做出了投票的結果」。

中段則是把園遊會商家過來擺攤的真相暴露出來，同時也把第二天的突發事件算在葛東的頭上。

最後用了呼籲的口吻，要求大家重新思考葛東究竟是不是個合適的學生會會長。

看完全文，葛東感覺像是吃了秤砣似的，胃部沉沉的壓著什麼的感覺。

「隨便誰，去請……學務主任過來一趟吧。」葛東回頭環視了一圈，他突然覺得空氣中帶著一絲苦味落在他的舌根，然後蔓延到整個口腔。

# 第七章 首領的任務是征服期中考。

學務主任很快就來了，他粗魯地把那張黑函撕下來，讓學生都回教室，也對葛東說道：「你也回去吧，不要太在意這種東西，我會處理的。」

「謝謝主任……」葛東勉強笑了一下，然後拖著腳步抵達了教室。

因為川堂的事情，葛東稍微遲到了幾分鐘，不過導師毫不在意地讓他回位置坐，等到下課時，葛東一下子就被同學們包圍住了。

「到底是誰做的！」

「就是啊，太惡劣了！」

「你不要在意，我會支持你的！」

像這樣，來自同學們的善意將他包圍，雖然這的確讓葛東感到了一陣溫暖，但那股難受卻沒有因此減緩。

艾莉恩也在這群人之中，她沒有開口，可是迎著她的目光，葛東能想像到她想說些什麼。

上午就像是平常上課一樣，但氣氛有所不同了，同學們表達了對葛東的支持，不過也僅止於表達了支持，葛東也不可能要求他們更多。

直到中午，他被通知到校長室去，同樣的艾莉恩也要一起。

終於有機會獨處，艾莉恩的眉毛豎了起來，難得露出了生氣的樣子說道：「肯定是ＶＩＣＩ團做的，本來想等期中考結束再對付他們，沒想到竟然先被下手了！」

對此葛東深有所感，嘆息道：「我也只能想到他們了，自從多了一個四天王後，他們變得很陰險啊……」

「多了一個四天王？」艾莉恩突然抓到了某個關鍵詞。

「我沒有跟班長說過嗎？」葛東回想了一下，好像真的沒跟艾莉恩提過，於是趕緊補充。

經過一陣說明，艾莉恩喃喃道：「原來如此……」

葛東還想追問，但是到校長室的路程並不遠，很快就到了。

在校長室的外面，還見到了圖書館和陽晴。圖書館依舊是那副面無表情的模樣，但陽晴就顯得很緊張，一直握著圖書館的手不肯放開。

一見到葛東，陽晴就露出了快要哭出來的表情嗚咽道：「葛東學長……」

「不需要哭，沒事的。」葛東趕忙向圖書館使眼色，但是很可惜這個外星人並沒有搞懂他的意思。

好在這裡還有艾莉恩，她把女生之間的安慰模式也模仿了起來，她上前去握住陽晴的手，陽晴的肩膀重重抖了一下，眼中水光閃閃但眼淚沒有落下，只是就這麼濕潤著望向艾莉恩。

「我們進去吧。」葛東看了一下成員，不知道為什麼圖書館和陽晴也被召集過來。就因為那張照片嗎？可是柢山完全中學並不是嚴厲禁止男女交往的學校，更何況照片裡的他們也沒有什麼親密舉動，完全就像是一起出去玩的朋友而已。

「叩叩。」在種種紛亂的思緒中，葛東敲響了校長室的門。

「請進。」校長的聲音透過門板傳了出來，於是葛東當先而入，三個女孩彷彿跟班似的綴在他後頭。

現在才介紹校長顯得有點遲，他是一個看上去瘦瘦的中老年人，乍看之下文文弱弱，坐在校長室那張巨大的董事椅上顯得沒什麼威嚴，頭髮依舊茂密，不過已經斑白了。

「喔，你們來了。」校長抬起頭來望了他們一眼，隨即從辦公桌前起身，然後對他們招呼著道：「不用那樣站著，去那邊坐。」

校長室裡除了辦公桌以外，還有一張用來待客的長型茶几，兩旁各擺了一列三張一組的扶手椅。

因為是這樣的配置，所以三個女生坐一起，葛東就不得不跟校長一起坐，這實在有些壓力，特別是在他剛遭受黑函攻擊的時候。

「不用那麼緊張，我已經看過那張傳單了，學校不會因為這種事情對你們做出什麼處置。」校長的開場白讓眾人都稍稍鬆了一口氣。

接下來，校長看了女生那邊一眼，問道：「妳們幾個年級不同，是怎麼認識的？」

「陽晴跟我妹是朋友，所以……」葛東口中談論著陽晴，但目光卻投向了圖書館。

「我在圖書館擔任管理委員，之前把借書逾期未還的簡訊錯發到葛東學長那邊，害他在假日跑來一趟，不知不覺就熟悉了。」圖書館所說的話中一個虛假的字都沒有，但聽起來就是跟真相完全不一樣，葛東不由得都有些開始欽佩她了。

「好，這就好，多認識些不同的人可以開闊眼界。」校長的笑容給人一種彷彿古代書生的感覺，接著他又問了一些學校生活的日常瑣事。

在校長這樣的作派下，幾人從一開始的緊繃情緒中漸漸緩和下來，心思單純的陽晴更是已經開始說服校長讓她成立超自然研究社了。

將充滿熱情的陽晴應付過去後，校長轉過頭來對身邊的葛東說道：「葛東，校長在這裡要對你提一個要求。」

「呃……是什麼？」葛東因為校長先前的言詞已經放鬆下來了，結果馬上又變得緊張起來。

「馬上就是期中考了，我希望你的成績能夠進步。」校長的笑容跟之前相同，但不知道為什麼葛東突然就覺得這個笑容陰險陰險的。

「進步到……什麼程度？」葛東吞了一口口水，今天已經是禮拜三，而下週就是期中考週了。

「我看過你一年級的成績了，我不要求你立刻考到全校前幾名，但要比一年級的時候更進步一些，認真讀書也是學生的本分，只要做到校長我的要求，那麼學校就會出面支持你。」

「那要是退步了……」葛東額頭上冒出了些許的汗珠，他知道自己的情況，儘管有艾莉恩在幫他補習，但一週一次的補習並不足以彌補他在功課上的鬆懈。

「我相信你可以做到，學生會會長。」校長沒有正面回答這個問題。

大家從校長室出來之後，葛東等人都顯得很沉默，而陽晴則是一臉遭到了文化衝擊似的表情。

「校長他原來是這樣的嗎……」陽晴本來以為他是一個溫和的老好人，因此放心大膽地提出了自己的要求，沒想到最後校長卻來了這麼一下，直接把陽晴對校長的印象全都推翻了。

圖書館聞言嘆了一口氣，幽幽說道：「大人的世界可是很奸詐的，一不小心就會被吃到只剩下骨頭。」

「妳不要教她奇怪的觀念啦！」葛東雖然阻止了圖書館，但他其實也沒想好要怎麼解釋，老半天之後才乾巴巴地道：「校長他應該是打算用這種說法來激勵我吧！」因為這個解釋實在太普通，陽晴露出了「我又不是笨蛋」的表情。

「我們要採取怎樣的應對呢？」發問的是圖書館。

「校長的要求倒是跟班長重複了，之前我跟班長約好，假如成績退步的話就要辭掉打工，現在兩件事湊在一起也算是一箭雙鵰了吧……」葛東苦中作樂，他可沒有忘記這項約定。

「我去吃飯了……」陽晴看他們認真地討論起來，丟下這麼一句話就一溜煙地跑不見了。

「啊……算了，我們也去吃飯吧。」

在葛東的召集之下，他們來到學生會室。艾莉恩和圖書館都是自己帶便當，而葛東則是很隨便地買了兩個麵包。

「葛東，我有點不明白。」等他們按照過去的習慣坐下後，隨後圖書館開啟了話題說道：「剛才校長為什麼沒有回答，要是失敗了會有什麼後果？」

葛東想起圖書館不是很懂人類之間的交談方式，於是解說道：「這是一種話術，地位比較高的人故意不把話說清楚，讓聽他吩咐的人……在這個例子中就是我，自己想像可能遭遇到的處罰，從而拿出百分之百的努力。」

「原來如此……可是為什麼要這麼做呢？明白地把處罰說出來不是也能達到一樣的效果嗎？」圖書館理解了這其中的手法，但動機還是不甚明白。

「因為最害怕的東西在自己的想像中才更清晰，而且他是校長，是不能公開對學生提條件說如果你沒做到怎樣的事情就要受到處罰這種話。」葛東也感到很無奈，因為他確實開始想像起各種後果來了。

就算沒有實質上的處罰，然而不作為本身就可以成為一種處罰。儘管葛東學生會會長的位置不會受到動搖，甚至他的支持率可能都不會有多少變動，但風言風語的產生卻避免不了，這會讓葛東未來在執行學生會任務的時候變得比較困難，因為他必須比過去更加小心不要犯錯。

也許有人覺得小心不要犯錯是應該的，可是當你意識到要小心不要犯錯的時候，一件已經做習慣的事情，將會花費數倍以上的精力，或許這能確保一段時間內不會出差錯，但長期下來就會使人失去熱情與創造力，一旦想做得更多的時候，就會懷疑這樣會不會犯錯，最後縮手縮腳地放任自流。

「光是說話就有這麼多眉角，真麻煩啊……」圖書館發出如此的感想，再次對人類的語言技巧有了新的認知。

「其實我們有時候也相當困擾的，擅長使用這種說話方式的人也不多……」葛東覺得有必要替人類辯解一下，不過在圖書館的注視下，聲音越來越小直到完全聽不見。

「總之只要葛東成績進步就可以了吧？」艾莉恩恰到好處地插口說道：「正好我也很希望葛東成績能好一點，征服世界也需要相當的學識！」

「可是我覺得學校教的東西，在征服世界的道路上根本派不上用場……」葛東也不是不想唸書，可是抬槓的欲望怎麼也止不住。

「怎麼會？數學在征服世界的過程中一定有大量的使用機會，而英文也能讓我們的隊伍選拔上有更大的空間。」艾莉恩說起了高中教程的好話。

葛東等了一會兒，卻發現她一臉已經說完的樣子，不由得問出聲道：「其他的呢？」

「不要在意細節。」

「把數學跟英文以外的東西剩下，已經遠超過細節的程度了吧！起碼把物理、化學也包含進去啊！」

好吧，這簡短的鬧劇就到此為止了，葛東沒有那個繼續胡鬧下去的心情。

值得慶幸的是，園遊會後各班級都收拾得很快，葛東猜想這可能跟下週就要期中考有關，無論教師或者學生都不想繼續沉浸在遊玩的氣氛當中。

再加上先前準備好的檢查條例，後續收拾一天就完成了。

※　※◆※　※

這天的打工，葛東可以看得出來陽曇心情非常好，連在收拾盤子的時候都不自覺地哼著歌。

葛東實在很想問問她，到底那個新的四天王是誰？不過就連友諒也沒見過對方的真面目，只知道是個女孩子。這幾天友諒一直在試圖打聽新四天王的消息，可是對方表明了不會親身參與，只會透過手機給他們指點。

感覺上很像是某種幕後黑手的模式，大叔好像是有條件的同意了，不過詳細的狀況友諒也不清楚，因為大叔不肯說，連陽曇也不知道。

本來以為今天跟往常一樣是很普通的一天，但葛東開始工作沒多久，店裡來了一位意外的客人。

說是一位，但來的其實是兩個人，其中一個是陽晴，而另一個則是葛東的妹妹。

「妳怎麼跑來了？」葛東看到妹妹過來，不由自主地就上前招呼了。

「因為陽晴說要來，正好我也沒來過你打工的店，就順便過來看看了。」妹妹看了一眼菜單，問道：「點什麼比較好？」

「吃的都差不多，不過咖啡挺不錯的，我推薦老闆的特調。」因為面對的是自己的妹妹，葛東一下子忘記了還在打工，就像是在介紹店家一樣的說出了真心話。

然後，他就感覺到了從廚房投來的視線，非常的銳利，好像刀子似的插著他的背心，葛東猶豫著這時候到底該不該回頭與大叔對望……

幸好這時有別桌的客人點單，大叔不得不專注在廚房的工作上。要是剛才的話沒有被其他客人聽到就好了……葛東不由得這麼想著。

雖然在學校被陷害了幾次，但葛東從來沒想過在打工的時候刻意報復，因為那是不太一樣的兩件事。

這家店可能是大叔賴以為生的支柱，相對的葛東並沒有那麼迫切地想要征服世界，即使最後失敗了，他大概也不會有任何遺憾，儘管這麼說很對不起艾莉恩……

「那我就點個咖啡跟……鬆餅好了，這個應該ＯＫ吧？」妹妹仰著臉，興致昂然地打量穿著服務生制服的兄長。

「點心類我倒是沒有吃過……」葛東下課之後來ＶＩＣＩ咖啡，會直接在這裡用員工價吃晚餐，而員工價的餐點不包含甜點。

「就當我是來試毒囉～」妹妹毫不在意地說著近乎是在妨礙營業的言詞，旁邊的陽晴偷偷地拉了她一下。

沒多久妹妹點的東西就做好了，同樣是由葛東送去給她們，不知道是不是錯覺，葛東覺得這份鬆餅好像特別豪華……

「看起來還不錯嘛！」妹妹看著加了水果、大量奶油與巧克力醬的豪華鬆餅露出了滿意的笑容。

「還……不錯嗎？」葛東不記得菜單上有這樣的鬆餅，而且妹妹剛才點的明明就只是鬆餅，調味應該只有蜂蜜才對的啊！

大叔真是異常的不服輸啊……

打工的時候不能多聊，葛東稍微應付了幾句就回到工作中。

陽晴會在這邊坐到打烊，妹妹或許是出於陪伴朋友的想法，她也在店裡坐了很久，不過快到打烊的時候，她卻說要離開了。

「不再等會兒跟我一起回去嗎？」葛東見妹妹要走，忍不住提出了疑問。

這個城市治安很好，也還不到深夜沒有行人的時候，可是放國中女生一個人走夜路回去總覺得不太放心。

「沒問題的啦！」妹妹不把葛東的擔心當一回事，就如同剛剛所提過的那樣，這個城市的治安很好，況且現在都還不到九點呢！

這麼一想，葛東也想不到一定要妹妹跟自己一起回家的理由，只不過她那份豪華鬆餅到底該怎麼結帳，葛東還特地跑去問了大叔。

「就用鬆餅的價錢來結就好了。」大叔一點也不在意般的回答。

於是妹妹就以便宜的價格得到了豪華鬆餅的招待。

本來以為妹妹來店裡只是個微不足道的小插曲，但接下來的日子，會在他們打工時段跑去的學生越來越多，或許這對大叔是件好事吧，因為客人變多了，可是對於葛東和艾莉恩來說，卻稍稍有些困擾。

因為這些人是來看艾莉恩的。

如果是同班同學，那麼葛東還可以對他們比較熱情一些，但跑來的也有很多別班的學生，他們最主要的目的就是看服務生裝扮的艾莉恩，並希望他們那桌會是交給艾莉恩來負責。

這對葛東造成很大的困擾，如果是陽曇去負責或許還好一點，高腰、背帶裙這種服裝根本是為了她而存在的，況且陽曇本來也是這家店的看板娘。

但假如負責的是葛東……

學生們很少變成奧客，但也很少去掩飾自己的情緒，或者也沒想過要掩飾，他們的失望明明白白地寫在臉上。而盡力去完成工作卻得到這樣的反應，這實在是讓葛東很挫折的一件事。

另外，隨著時間的經過，期中考必須進步這點也成為了葛東的壓力源，特別是那些需要背誦的科目，當課本一打開，發現課文都顯得很陌生時，那種驚慌感可是絲毫掩飾不了的。

葛東第一次打工、第一次當學生會會長、第一次負責籌備工作……種種第一次的陌生經驗，讓他無法熟練地應對，只能依靠時間來彌補，而學生最容易被挪用的大概就是讀書的時間了。

也不是說人就不在教室裡，可是一個人的精力並非無限，總是有側重的部分跟應付的部分，當課堂成為應付的地點時，出現這種情況也就不足為奇了。

艾莉恩的補習沒有辦法幫他填補這方面，接下來的日子葛東比從前更加地投入到唸書中，即使才二年級，但葛東已經可以驕傲的宣布，即使面對未來的大考，他也不可能比這段時間更認真了！

把得知事情的禮拜三去掉，禮拜四到禮拜日這總共四天的時間裡，葛東前所未有地專門針對考試而鑽研了一番。

葛東本來並不會特地去預測考試範圍，也就是那種讓自己拿到高分的技術，他是沒有去實行過的，因為他覺得考試是用來測試自己的實力，或許以後遇到更加重要的考試時，他才會去使用吧。

只是沒想到，那個所謂更加重要的時刻這麼快就到來了，雖然只是一個期中考，卻給了葛東生死交關的感覺。

很奇妙，那封黑函根本沒有引起任何波瀾，相反的，葛東反而收到了一些支持的話語，學校方面也表達不會因為那些事情處罰葛東，甚至提出要求的校長，也沒有說成績退步的話要怎麼辦，但葛東就是感受到了壓力。

就像葛東跟圖書館解說的那樣，那就是一個話術，地位本身才是構成這個話術成功的原因，所以即使明白那背後的真相，葛東也沒辦法避免那種壓力重重的心情。

本來葛東以為ＶＩＣＩ團會在這種情況下給他添亂，讓他無法專心準備考試的，但直到禮拜一，葛東身邊都沒有發生會對他造成影響的狀況。

「難道他們也覺得害我考不好太過分了嗎？」葛東只能這麼猜想。

# 第八章 戰鬥員甲的陷落！

說是期中考週，但並不是一週中每天都在考試，而是在禮拜二跟禮拜四考完所有的科目，所以還有一個最後衝刺的禮拜一。

禮拜一這天基本上都是自習，只有下午的一節歷史課，歷史老師慢悠悠地把期中考的進度補完。

因為是臨近期中考的自習課，同學們大都很安分，實在沒有心情唸書的傢伙，至少能保持安靜不要打擾到其他人。

然後在這樣充滿考試氣氛的班級上，艾莉恩跟葛東前面那個位置的同學換了座位，兩人就這麼面對面地唸著書。

即使葛東就是當事人，也覺得被傳出戀愛方面的謠言是沒辦法的事，原本他們先突然傳出在同一個地方打工的消息，後來又常常一起出現，已經有同學在懷疑了，而今天的畫面讓同學們都覺得證據確鑿，可是葛東沒有時間去介意這點小事了。

在艾莉恩的幫助下，葛東以前所未有的速度解著數學題，這原本是他的弱項，但背誦的時間不足，只好在需要理解力的科目上做了加強。

過去葛東一直比較擅長背科，但這次他的背科準備不比以前充足，這點葛東是有自知之明的，而他比較弱的是數學、物理和化學，這部分他完全沒有辦法評估自己能考到幾分。

就這樣，禮拜一的最後衝刺結束了，他們迎來第一天的期中考，第一天就是數學加上物理、化學的理科連擊，而葛東的不安在考卷發下來的時候煙消雲散了。

或許考前衝刺真的有效吧，葛東感覺自己會做的題目比過去多很多。

「要對一下答案嗎？」友諒知道葛東目前遭遇什麼情況，他沒辦法在征服世界那邊幫上忙，便打算在這裡盡一分力。

「不……還是算了，我想保持一些緊張感……」葛東婉拒了他的好意，要是因為理科拿到的分數比過去高就鬆懈了可不好。

然後良好的感覺就到此為止，儘管中間有一個禮拜三可以用來看書，但禮拜四的文科考卷還是讓葛東有股焦頭爛額的感覺，畢竟是比較擅長的部分，他可以知道自己考得不好。

全部考完之後，葛東還是對了答案，不過是跟艾莉恩對的，基本上她的答案就是正確答案。並不是說艾莉恩每科都能考滿分，她也會被題目的敘述詭計騙到，不過一般的題目是不會出錯的。

「對答案嗎？我也一起吧！」

「我也要！」

每次考完之後，跟艾莉恩對答案是很多人喜歡做的一件事，就像前面提到的，艾莉恩的成績很好，是年級第一，她的答案正確率很高，就像是提前知道了成績一樣。

「那大家就一起對吧。」艾莉恩把對人和善的這點也模仿得很好，來者不拒地全都答應下來。

結果不知道為什麼，變成艾莉恩在黑板上把她的答案寫下來，讓同學們自己去對的奇妙景象。

但即使如此，艾莉恩還是被一群人圍著，葛東反而被擠到外圍去了，兩人之間彼此交換了一個「打工的時候再說」的眼神，葛東也就暫時離開了教室。

他要去找友諒。

原本的預計中，艾莉恩會在期中考結束後對ＶＩＣＩ團進行反擊，葛東覺得通知友諒一聲比較好，雖然每次ＶＩＣＩ團的行動，友諒那邊的消息總是慢一拍，但他一直以來都有在傳遞消息，葛東不能過河拆橋。

葛東來到了圖書館，如果是考試前一段時間，圖書館裡可是大爆滿的，不過在才剛考完的現在，除了櫃檯裡那個外星眼鏡學妹以外，就沒有其他人在了。

葛東進來的時候跟櫃檯的圖書館稍稍點了個頭，但她似乎沒發現葛東的到來，對那個招呼沒有回應而是低頭看著什麼東西。

圖書館一樓是書報閱讀區，友諒就坐在最外邊的那張桌子。

葛東見圖書館沒有回應也就算了，轉向友諒說道：「你竟然會挑圖書館來當碰頭的地方。」

「嗯，我最近才發覺圖書館挺好的，很安靜，可以讓人靜下心來。」友諒說著跟他的形象完全不符合的話。

「你是怎麼……」葛東一瞬間還以為自己找錯人了，不過那張從小看到大的臉是不可能出錯的，於是只好把原因歸咎到才剛結束的考試上頭，說道：「算了，我找你有別的事情。」

「什麼？」友諒看上去似乎有些心不在焉，雖然是跟葛東面對面坐著，但視線焦點並沒有落在他身上。

葛東沒來由地對他那種漫不經心感到生氣，聲音不自覺地抬高了些許道：「班長之前計畫要在期中考後，對你們進行反擊，詳細的內容我們還沒開始討論，但既然是班長，我想應該會是很厲害的計畫吧！」

「反擊……對ＶＩＣＩ團？」友諒聽到這件事，總算比較提起精神了。

「嗯。」葛東深呼吸了一口氣，強迫自己冷靜下來，說道：「畢竟你們前陣子一連串的打擊挺有效的，我都快瘋了。」

「啊，說到這個。」友諒好像突然想起來似的說道：「新的四天王決定好她的代稱了，叫奶茶。」

「啥？」葛東瞪圓了雙眼，一方面是奇怪為什麼現在說這個，另一方面則是這個代稱實在……很普通。

就好像隨便取個網名似的，在網路上用奶茶相關用語當暱稱的起碼有個四位數吧，想搜索某個叫奶茶的網友時，因為會被真的奶茶蓋過去所以辨識度超低，基本上是個菜市場暱稱。

暱稱本身是沒有問題，可是用在想要征服世界這樣的組織裡就顯得很奇怪。大叔的稱號是「首領」，陽曇是「闇」，友諒比較可憐是「戰鬥員甲」，總之把友諒剔除，可以發現ＶＩＣＩ團用的代稱都很……中二。

所以，在這種中二集團裡，突然出現一個超級普通的代稱時，反而會讓人產生一種錯愕感。

友諒誤會了葛東錯愕的原因，猶自解釋道：「就是這樣，好像是因為她喜歡喝奶茶，大叔有勸過她了……」

「不，其實叫什麼都沒關係的啦……」葛東並不是很在意，剛才只是稍微奇怪了一下子而已。

「還有……」友諒略一遲疑，但還是開口道：「你們會在期中考後反擊的事情，已經被預測到了，大叔叫我們這幾天不要在人少的地方出沒。」

「為什麼把我們說得好像歹徒一樣啊，而且先出手的是你們吧！」葛東並不覺得自己這方的行動很難猜，友諒和陽曇也都是同所學校的學生，行事曆一拿出來，自然就知道學生會什麼時候會比較閒。

友諒聳了聳肩不做回覆，不一會兒他的表情又開始迷茫了。

感到好奇的葛東順著他的視線望去，只見空蕩蕩的圖書館中，櫃檯處有個氣質文靜的女孩在看書，或許是電腦螢幕或者其他的什麼，女孩的眼鏡上映出一片水藍色的反光，為她增添了幾分不真實的虛幻感。

「……」

葛東很認真地張望，希望能找出其他會吸引友諒注意的東西。

但是，這裡是圖書館的一樓，如果有什麼值得一個男生注視陷入恍惚狀態，怎麼看都只有櫃檯的那個女孩了。

「不是吧……」葛東突然有了個非常不妙的念頭。

他轉過身，用力地拍了拍友諒的肩膀，強迫他從那種狀況中脫離出來。

「友諒，你該不會是……」葛東回頭瞥了那個眼鏡女孩一眼，把座椅往桌子的方向移進一些，壓低了音量說道：「你該不會是對圖書館……嗯……圖書館、圖書館……賴蓓芮，你該不會是對她產生了什麼……」

葛東說到一半差點沒想起來圖書館的本名，好在他記得那個外星人缺乏誠意的化名模式，反過來聯想起了她的名字。

儘管葛東沒有明說，但友諒知道他在說什麼，不由得臉上一紅，囁嚅著說道：「可能是吧，我也不太清楚……」

「你……」葛東第一個念頭就是阻止他，因為圖書館不但是外星人，就連那個外型也只是搭載型機器人，並不是她本來的樣子！

但是，說不出口……

葛東沒辦法把真相告訴友諒，因為他想不出在隱瞞圖書館是外星人的同時，又能讓友諒自行放棄的方法。

這樣下去只會不幸，葛東很努力地思考要怎麼破壞這個還沒開始的戀情。

葛東腦中一瞬間閃過陽曇的臉，但是告訴她真的合適嗎？葛東覺得他們看起來不像是會互相干涉的樣子……

再說了，如果是他直接去找陽曇，不知道那傢伙究竟會不會相信自己的說詞，也許會以為他在用反間計？畢竟才說了要在期中考後做出反擊……

思前想後，葛東決定用一個比較婉轉的方式來處理。

「你最近一下課就不見人影，就是跑到這裡來了嗎？」葛東盡量使自己的語氣不要太奇怪，可惜他的努力明顯是失敗的，但友諒卻沒有注意到。

友諒先是紅了一下臉，但很快又擔心起了別的事情道：「是啊，我……這樣會不會很像變態？」

葛東無視了他的擔憂，又說道：「呃……你們也不是不認識，為什麼就這樣坐在這邊看，卻不上去搭話呢？」

「我試過了，但是跟蓓芮聊不起來。」友諒嘆了一口氣，如果對方是個情緒激烈的傢伙就好了，像是陽曇那樣的，他比較擅長應付那種類型的。

「這個我也幫不了你。」葛東覺得這是理所當然的，就算是知道真相的他也覺得不容易跟圖書館聊，基本上都會變成一方說、一方聽的狀態。

「你特地跑來找我，就是為了說反擊的事情嗎？」友諒再次把視線從櫃檯處收回來，轉移到了葛東的身上。

「就只有這樣，本來還想問問你們家那個……奶茶的動向，不過我現在已經打消這個念頭了。」葛東不打算繼續在這裡耗時間，他有更重要的事情必須要做。

離開圖書館的時候，葛東再次望向櫃檯，那個外星人學妹依然沒有抬頭，簡直像一個真正的文學少女那樣。

※　※◆※　※

走出圖書館，葛東就站在那個花圃前打電話給妹妹，國中部也是這週期中考，跟他不一樣的是妹妹功課不錯，儘管不像艾莉恩那樣是年級第一，但也總是名列前茅，平常也有認真複習，所以她不需要像葛東那樣拚命唸書。

沒記錯的話，妹妹好像有說考完試要跟朋友出去玩，所以會比較晚回家的樣子……

打給妹妹的電話連一聲也沒響完就被接了起來。

這讓葛東小小意外了一下，但隨即拋開這點小事，趕緊問道：「陽晴有跟妳們在一起嗎？」

「陽晴？不，她沒有要跟我們出去，你找她做什麼？」聽到是來詢問陽晴的消息，妹妹立刻換上了戒備的語氣。

「有點事想找她，跟她說我在上次那個花圃那邊。」

「為什麼要我傳話？」

「因為我沒有存她的電話嘛！」

「……你等一下。」

從手機中收到的模糊聲響，葛東可以聽到妹妹正在跟某個人對話，應該就是陽晴了吧。但是出乎意料之外的，妹妹竟然直接把手機塞給了她，讓葛東自己來說明。

「葛東學長，你找我？」

「呃……是啊，我在圖書館前面的花圃。」

「好，我馬上過去！」陽晴沒有多問，非常輕快地就答應下來。

掛上電話後稍微等了一下，陽晴經常背的那個大包包就出現在視線當中。

突然被叫到這裡來，陽晴顯得有些迷糊，她看到葛東後，奔跑過來的樣子讓葛東想起了幼犬。

「學長找我什麼事？」陽晴的呼吸微微急促，似乎是一路跑著過來的。

「妳還在學校？」葛東不急著開口，他先是在教室裡跟艾莉恩對了答案，後來又去圖書館找了友諒，一路下來也快到正常的放學時間了。

「嗯，我去了一趟社團，把這些天拍的照片傳到電腦裡頭，看看有沒有什麼沒發現的東西。」提到照片，陽晴露出了燦爛的笑容。

「有那樣的社團？」葛東當了學生會會長以後，名義上也有監督社團的責任，但他不記得有什麼社團跟超自然有關的，而且如果有的話，上次陽晴就不會要校長讓她成立超自然研究社了。

「啊，我加入的是攝影社，因為要拍很多照片的關係。社團裡的人都好厲害，我也學到了很多！」陽晴打開了她的大包包，從裡頭拿出一個資料夾遞給了葛東。

「這是……班長的照片？」葛東接過來翻了翻，發現全都是艾莉恩的照片。

各種角度、各種時間的，有些照片也照到了葛東和圖書館，仔細看了一下，這些照片大部分都是在學校照的，葛東和艾莉恩大多數時間都在一起，他隱隱約約都能想起來當時的情況。

「真是可惜，沒有任何一張照片拍到證據……」陽晴擺弄著她的數位相機，發自內心地惋惜道。

葛東推翻了她是個可愛學妹的想法。

因為種種原因，艾莉恩和葛東在一起的時間很長，那些照片中也有幾張是葛東確切記得時間、地點的，但他都不記得有發現到陽晴的身影，另外還有幾張是上禮拜園遊會後去玩的，葛東也同樣沒有陽晴特地拿出相機來拍的印象。

葛東手中的照片不止多，而且每一張都相當清晰，沒有出現手抖模糊的影像，能在隱蔽的狀況下拍下這麼多好照片，這就是攝影社的實力嗎……

「妳很擅長拍照？」葛東有些僵硬地問著。

「也不算是啦，如果是好好地拍，社團比我厲害的人很多，但要是說到在快速的情況下拍照，我很有自信！」陽晴沒有直說，但臉上的得意表情分明是在表達她乃社團快速拍照第一人的模樣，說道：「畢竟，我要拍照的時機通常是一眨眼就過去的，動作太慢可不行！」

「那如果我拿一張照片給妳看，有辦法知道那是在怎樣的情況下拍的嗎？」葛東想起了貼在川堂的那兩張照片。

「怎樣的情況下……什麼意思？」陽晴眨著大眼睛，十分不解地反問。

「就是，那是好好拍的，還是像妳這樣，看到情況後很快速地拍下來？」葛東比手畫腳地把上禮拜的川堂事件說明了一遍。

陽晴是國中部的學生，對高中部出現黑函一事並不清楚，她以為上次被叫去校長室是因為四人出遊的事情，直到現在她才聽說了這件事。

「好卑鄙，竟然用這種方式陷害葛東學長！」陽晴義憤填膺，拍著胸脯答應下來。

那張黑函並不只貼在川堂，每棟教學樓的公布欄都貼了，雖然後來都被學校收去，但葛東有偷偷藏起來一張。

藏一張起來其實只是下意識的行為，葛東並沒有想過留著要做什麼用，只是如今突然派上了用場。

「我沒有帶在身上，禮拜一吧，禮拜一的時候妳到學生會室來，到時候拿給妳。」

之所以要拜託陽晴確認這件事，是葛東想知道ＶＩＣＩ團是巧遇，或者明擺著知道他們要出遊而早早埋伏著的。

把這個插曲結束後，葛東說起原本找她的原因：「剛剛那是突然想到的事情，我找妳來是為了另一件事，妳姐姐跟友諒是什麼關係？」

「跟友諒哥？」陽晴一愣，然後望向葛東的眼神就變得有些曖昧。

大概因為陽晴跟妹妹年紀相同，所以葛東一眼就看穿了她在想啥，忍不住伸出食指點了點她的額頭，說道：「不是妳想的那樣，快點說說友諒跟妳姐！」

「唔……」陽晴按住了自己的額頭，稍微思考了一下之後說道：「他們是很好的朋友吧……也沒有其他的感覺，後來友諒哥也比較少到我們家玩了。」

「跟我想得差不多嘛……」葛東嘆了口氣，果然直接告訴陽曇不是正確的選擇，於是他拿出準備好了的說詞道：「我要拜託妳轉告妳姐，就說是妳自己發現的，友諒他最近總是泡在圖書館裡。」

「……就這樣？」陽晴期待了半天，最後卻得到這麼莫名其妙的任務，她一臉不解，雖然去圖書館確實不像友諒會做的事，但為什麼特地要她去轉告陽曇呢？陽晴口中自然而然地就問出聲道：「是可以啦，可是……為什麼？」

「我沒辦法解釋，這是不方便傳出去的事情，妳姐聽了就會知道。」葛東害怕她繼續追問，催促道：「現在就打電話吧！千萬要記得說是妳發現的！」

在無法釋懷的情緒中，陽晴按照葛東的吩咐打了電話，簡直像是鸚鵡學舌般一字一句地把話傳了過去。

「友諒去圖書館又……什麼，圖書館！」

陽曇果然做出了很大的反應，那高亢的尖叫聲就連葛東都聽見了。

陽晴拿著手機，仰著小臉望向葛東，雖然沒有說出口，但那雙閃乎閃乎的眼睛已經把滿溢的求知欲傳遞了過來。

「去問妳姐，她想說的話就會告訴妳了，我要去打工了！」葛東承受不住這個年齡的女孩如此盼望的眼神，扔下這麼一句落荒而逃。

「學長！」陽晴在後頭叫著他，但葛東沒有回頭。

# 第九章
# 與外星人談戀愛的可能性？

打工結束之後，艾莉恩在回家的路上跟葛東聊了起來。

「關於反擊的事情，我稍微思考了一下。」艾莉恩開口就是這個，葛東也只能慢下腳步聆聽。

只聽艾莉恩緩緩說道：「關於ＶＩＣＩ團所在位置跟勢力範圍，這段時間我已經試著打聽過了卻沒有消息，所以我打算採用跟他們相似的手法。」

艾莉恩還不知道ＶＩＣＩ團的真面目，所以才有此一說，葛東一直不敢告訴她ＶＩＣＩ團的成員真相，就是擔心她擅自出手，葛東並不希望她去傷害別人。

「跟他們相似的手法是指？」葛東記憶中能稱得上交鋒的只有那麼一次而已，而且因為某些因素，那次ＶＩＣＩ團的出手反而讓葛東占了大便宜，在全校學生面前出了一個大風頭，直接讓他當選了學生會會長。

至於最早的那次綁架，與其說是交鋒，不如說是遭遇戰，雙方都是初次接觸對方，最後的結果算是兩敗俱傷，艾莉恩暴露了自己的能力，ＶＩＣＩ團也沒有達成目標，反而落入了葛東他們的眼中，失去了藏在幕後的隱蔽性。

「先進行征服活動，吸引他們出來破壞，如果沒有出現，我們正好也趁機擴大勢力範圍。」艾莉恩目光灼灼、躍躍欲試，好像只要葛東一聲令下，她就會立刻化身為襲擊街道的怪人似的。

「班長有目標了嗎？」葛東半是疑惑，半是緊張地問道。

「就從ＶＩＣＩ咖啡開始吧，那裡是我們打工的地點，如果能加入成為我們的一分子，對我們未來的規劃是一個很大的助力。」

艾莉恩雖然不是有意的，但在目標選擇上中大獎了啊！

這個巧合讓葛東差點笑出來，他忍耐著，努力板出一張嚴肅的臉，問道：「妳打算怎麼做呢？」

「首先勸說大叔加入，成功的機率或許很低，不過我們的目標主要是吸引ＶＩＣＩ團的出現，只要對方收到風聲，從而出現來破壞我們的行動，那我們的計畫就可以說是成功了。」

「以班長的程度而言，這個計畫顯得很粗略啊？」葛東聽完之後有幾分意外，這個不確定性如此之高的計畫真的是出自艾莉恩的手中嗎？

「很粗略嗎？」艾莉恩側頭望來，完全沒有自覺的模樣。

「嗯，太一廂情願了，假如大叔拒絕，而ＶＩＣＩ團又沒有出現的話，班長打算怎麼應付呢？」葛東順口就說出了最可能發生的狀況，然後帶著點困惑地問道：「班長，妳怎麼了嗎？這不像是妳會提出來的計畫。」

艾莉恩沉默著沒有回應，就這麼走了好長一段路，就在葛東以為她不會再開口，會就這樣安安靜靜地回家時，艾莉恩輕輕說道：「我……也許有點著急了。」

「什麼？」葛東第一時間沒有聽清，但是當他轉過頭來，卻見到了他從未見過的艾莉恩。

艾莉恩低著頭，烏黑的髮絲垂下來遮住了半邊臉，但從露出來的那半邊，可以看到她那失落的表情。

該怎麼說呢？之前艾莉恩在葛東心目中一直是精明強幹的形象，後來又多了外星種族屬性，嘴巴上成天說著要征服世界，所以葛東不知不覺中把她想像成一個擁有鋼鐵精神的人，直到現在，葛東才赫然發現，原來艾莉恩也是會感到挫折的。

「我有點著急了，我們連續遭到ＶＩＣＩ團的挑釁，但沒有應對的方式，一直忍耐到今天，終於可以反擊，我……我沒有辦法冷靜地思考，我只想衝入他們的根據地，痛快地將他們全部消滅……」

一邊說話，艾莉恩的身體一邊發出輕微顫抖，這絕不是寒冷導致的。

聽她這麼說，葛東不由得皺起了眉，說道：「我記得我們討論過了，我不打算採取消滅的方式。」

「我知道……但我沒辦法克制、我……」艾莉恩深呼吸了幾口，然後向他伸出了手，說道：「請握著我的手。」

「怎麼了……唔哇！」葛東不明就裡地握住艾莉恩的手，手中傳來的感覺使他忍不住發出了驚呼。

艾莉恩的手很燙，燙到握久了可能會低溫燙傷的程度。

「我情緒亢奮的時候體溫會上升，提高到這種程度也是第一次，但是今天一整天都是這樣，甚至連冷靜下來思考都變得很困難。」艾莉恩想抽回手，但是被葛東強硬地抓著不放。

「所以……」葛東注視著艾莉恩，想從她那邊得到答案。

其實，葛東內心已經有一個猜測了，但他並不想承認那個猜測，如果艾莉恩可以告訴他另外的答案就再好不過了。

「我渴望暴力……我想使用暴力手段對付ＶＩＣＩ團，雖然你已經說過不可以了，但我還是不由自主地想要那麼做……」艾莉恩身體顫抖得更厲害了，甚至不用觸碰就能察覺。

她從小就在模仿人類，這不僅僅在外表上模仿，而是連生存方式與思想模式都在模仿人類，但這次從最深處……人類稱之為靈魂或是潛意識之類的部分，發出了屬於她的聲音，而這股聲音卻與艾莉恩所受到的教育相違背，照理說這應該是很簡單就能否定掉的，然而她卻做不到。

「班長……」葛東感到喉嚨深處一片乾燥，他再次確切體認到了，艾莉恩並非人類這個事實。

快點想啊，讓艾莉恩能夠平靜下來的方法！雖然她現在還在克制，但是必須得找到一個舒緩的方式，否則讓理智與感情這麼衝突下去是不會有好結果的！

苦苦冥思下，葛東腦中突然靈光一閃，他擺出一副嚴肅的模樣說道：「班長，這是命令，我作為首領的命令，我要求妳忍耐。」

採用命令的姿態是一種賭博，這種時候安慰肯定是沒有用的，而艾莉恩本身也在努力克制那種念頭，所以葛東的做法就是加強克制力，給她一種不是自己在壓抑，而是被命令了所以無可奈何的感覺。

艾莉恩大概也能猜到這個命令的用意吧，不過沒有關係，只要能有效果就好了！

果不其然，艾莉恩一瞬間露出了複雜的表情，張了張嘴似乎想說些什麼，但最後一個字也沒有吐出來。

「班長，妳可以盡情的渴望，但我不會允許妳去實行，班長會因此怨恨我嗎？」葛東一直握著艾莉恩的手，從他下達了命令開始，手的溫度就慢慢恢復了正常。

「怨恨什麼的……也不是、不能說是沒有……」艾莉恩囁嚅著，彷彿很委屈地避開了視線。

見她這副模樣，葛東反而感到鬆了一口氣，至少這是聽話了的意思。

不僅如此，葛東趁機更進一步地說道：「打聽ＶＩＣＩ團情報的事情，還是交給我來處理吧，班長現在的情緒不太好，這樣我會擔心。」

「好，但是不管你打算怎麼對付他們，一定要讓我參與！」艾莉恩彷彿快要被拋棄似的說道。

這麼委屈模樣的艾莉恩很罕見，比起堅強冷靜的艾莉恩，葛東覺得還是這樣的她比較可愛一點，畢竟先前那副模樣給人的壓迫感很強，甚至會讓他產生一種劣等感。

葛東當然也知道那只是悲慘的自卑感在作祟，但既然感覺到了也沒辦法，好在葛東有自知之明，起碼不會因為這種情緒而造成什麼損失。

「一定會的，光靠我可是對付不了那些傢伙。」葛東勉強勾出像是笑容的表情，只不過這一點安慰的效果也沒有。

經過這麼一個插曲，兩人已經到了葛東家樓下，看著在路燈下顯得有些蕭瑟的艾莉恩，葛東覺得有些不忍心，但又不能解除要她忍耐的命令，想了又想，最後說道：「這是征服世界所需要的犧牲。」

「嗯，我知道了……」艾莉恩氣勢弱得好像整個人都變小了似的。

不，事實上艾莉恩真的變小了一些，雖然作為能自由變化型態的種族，但是情緒也是會影響生理，只要是生物都不能避免這點，而她所受到的影響就是變小了，這在捕食中是很不利的，在不使用工具的前提下，動物的體型等於戰鬥力，變小也代表著變弱。

葛東只以為是體感上的錯覺，當然他就算發現了也不能做什麼。

儘管把艾莉恩去襲擊ＶＩＣＩ團的可能性消除了，但葛東的心情卻說不上放鬆，艾莉恩最後那個蕭瑟的背影，讓他整晚輾轉反側難以入眠。

※　※◆※　※

隔天，撐著一雙熊貓眼的葛東來到了學校，在見到艾莉恩的瞬間，他的心跳很不爭氣地加速了，這可不是什麼心動不已的感覺，而是畏懼艾莉恩對他的態度產生改變。

對，畏懼。

葛東覺得這個詞才能形容他現在的感受，雖然是從這學期才開始與艾莉恩急速接近，見識到她真面目的時候也驚慌害怕過，但現在葛東已經習慣了。

所以在昨天用那麼高壓的姿態做出命令後，葛東害怕他們之間的關係會退回原點，也就是優秀的班長跟一個普通的學生那樣。

好在艾莉恩如同往常一般向他打了招呼，葛東小心翼翼地確認之後，發覺她依然是那個完美的班長，好像沒有受到昨天那番坦白的影響。

於是葛東放下心來，轉而擔憂起自己的成績。

禮拜五依然大多數課程都是自習，一些批改得比較快的教師，已經把考卷發還回來，這時就能見到班上出現兩極化反應，在不在意成績光看表情就能分辨出來。

知道分數之後，與友人互相比對也是樂趣之一，於是葛東拿著考卷湊到了友諒身邊，可是他的友人看起來好像非常疲倦的樣子。

「友諒，你還好吧，考得不好嗎？」

「跟考試沒關係，是陽曇……」友諒睜開了彷彿死魚一般的眼睛，說道：「不知道她從哪裡得到了消息，跑來我家大鬧了一場……」

葛東不由得稍稍偏開了視線。

友諒沒有察覺朋友的異狀，突然之間恢復了精神，問道：「對了，你知道蓓芮喜歡什麼嗎？」

終於想到要問這方面的事情了嗎？

「我沒有問過耶……」葛東仔細一想，發覺他對圖書館的認識很少，除了知道她是在監視艾莉恩以外，就只知道她那個奇怪的種族名了。

或許葛東是下意識的不想牽扯太多吧，雖然也找過圖書館不少次，但都是為了艾莉恩的事情而去的，自從最初見面的那次自我介紹以後，葛東就再也沒有得到關於圖書館本身的情報了。

「那就拜託你幫忙打聽一下！」友諒的請託正中葛東下懷。

並不是葛東多麼想幫他的忙，而是有了這麼一個藉口，他就可以名正言順地跑去打聽了。

只不過，葛東中午去圖書館的時候，卻沒有在那邊見到那個眼鏡外星人，向櫃檯的另一名圖書委員打聽，卻得到了她今天請假的消息。

「她也會請假的嗎？」葛東大感意外，他還以為圖書館是那種風雨無阻都會出現在某處的角色！

「好像是事假，具體什麼原因就不清楚了。」今天待在櫃檯的是個二年級學生，綁著在高中已經很罕見的麻花辮，也是個形象上與圖書館很相稱的女孩。

「事假嗎……」葛東腦中一瞬間浮現了很多想像，像是外星人的定期聯絡，或是什麼宇宙聯盟會議之類的東西。

葛東從圖書館出來以後，猶豫了一下，最後還是決定打個電話給她，然後得到對方沒有開機的消息。

如果今天沒見到圖書館，那麼就得等到禮拜一了，說起來她到底住在哪裡呢？

不只是圖書館的住處，葛東似乎也不知道艾莉恩住在哪裡，雖然現在每天都被艾莉恩以安全的理由護送回家，要是她住得很遠，似乎也不太好這麼浪費艾莉恩的時間……

就在葛東猶豫著要不要問一下艾莉恩住址的時候，他的手機響了起來，卻是陽晴打過來的。

「喂？」

「葛東學長，照片的事情我已經問過了！」

「喔……喔！已經有答案了嗎？可是我還沒拿照片給妳……」葛東想起昨天的請託，聲音中不由得帶上了一絲期待。

「嗯，我問攝影社的學長有沒有看過川堂的照片，結果大家都看過了，根據學長的說法，那張照片是用高倍率變焦鏡頭拍的，那種東西可不會沒事就隨便帶在街上走，要嘛是隨時準備照相的像是記者之類的職業，要嘛就是有攝影的預定才會帶著的！」

陽晴的聲音中帶著興奮，彷彿她解開了一個重大謎題似的。

「妳的意思是說，那張照片的出現並不是意外吧？」葛東多少也有些猜到了，如今只不過是得到證實而已。

「除非真的非常非常碰巧，不然有意拍攝的可能性比較高！」

「謝啦，這樣我就明白了，妳幫了大忙！」

「哎嘿嘿……」得到稱讚的陽晴發出一陣意味不明的傻笑。

從陽晴這邊得到一個效果曖昧的情報，這個情報說它有用也可以，說它沒用也可以，在早已鎖定幕後黑手是誰的情況下，中間過程這一環的重要性似乎大大下降了。

畢竟只是突然想到要問的，況且情報這種東西總是越多越好的嘛！

※　※◆※　※

接下來的週末就這麼默默過去，禮拜天時他們暫停了一次補習，葛東終於得到了難得的喘息機會，然後時間來到週一，就是要公布期中考成績的日子。

柢山完全中學並沒有公布期中考排名之類的東西，不過學生拿到的成績單上是有名次的，葛東膽戰心驚地從導師那邊接過成績單，一看之下赫然發覺，他的成績跟一年級時完全一樣。

說是一年級有點太籠統，葛東這邊指的是一年級最後的期末考，因為是第一次遇到事關留級的考試，所以他很努力地唸書了，因此對最後的分數跟名次也留下了不可磨滅的記憶。

所以當葛東一眼看到成績單的時候，可以很輕易地做出對比。

首先總分……相同，在艾莉恩的補習之下，葛東的理科成績上升了，但需要背誦的科目分數卻因為缺乏時間而下降，在這種情況下還能得到一模一樣的分數，也可說是一個極為湊巧的巧合。

接著是排名……依然相同，葛東的成績在全年級中只能算是中等偏上，在這個分數區間，能得到跟上一次相同的名次是需要緣分的。

「沒有退步，但也沒有進步……」葛東拿著自己的成績單不由得自語出聲。

在這麼忙碌的情況下得到一個保持水準的成績，葛東覺得這樣已經足夠交代了，艾莉恩勉強認同了讓葛東繼續打工，只是不知道校長能不能滿意這個答案？

葛東心中的疑慮到中午就煙消雲散了，因為川堂公布欄上出現了學校支持現任學生會會長的公告，表示葛東的當選完全符合學生會會長選舉規則，並且譴責製作出那份黑函的人。

可以說，針對葛東的這個陰謀，並沒有在學校裡起到什麼作用，甚至連一點點的風聲都沒有掀起來，就遭遇到了失敗的結果。

但可以說這個計畫不好嗎？

也不盡然。如果葛東成績退步，使得學校方面沒有出面維護的話，這份黑函上所寫的內容還是會慢慢發酵的。

不過學校的聲明讓這個可能性消失了，除非葛東未來出了什麼嚴重的差錯，否則就算真的對他有不滿，也頂多在背後說他壞話，公然去挑戰他學生會會長身分的選項已經消失了。

這個結果讓葛東和艾莉恩都鬆了一口氣，ＶＩＣＩ團這段時間接連幾次的出招，讓他們應付得焦頭爛額，現在直到學期末，學校也沒有什麼重大活動了，這代表學生會的工作減少，葛東犯錯的機會也減少了。

關於答應了艾莉恩尋找ＶＩＣＩ團的事情，葛東目前有個比較籠統的想法，但是在那之前，他得先找到圖書館。

同樣的圖書館、同樣的櫃檯、同樣的女孩、同樣在看著攤開在她面前的書，葛東擔心那個外星女孩一去不復返的情況並沒有發生。

「妳禮拜五的時候怎麼請假了？」葛東來到櫃檯前，向圖書館搭話道。

「我去維修了。」圖書館推了推自己的眼鏡，反射出一陣陣的白光。

「維……維修？」

「嗯，因為是搭載型機器人，每三個月都要進行一次維修保養，才能保證一切正常運作。」

葛東無言了一會兒，這實在是一個既現實又不現實的答案，但是被拜託的事情還是得打聽，於是他開口問道：「這麼說來，我只知道妳是來監視班長的而已，像是喜好什麼的都不清楚呢。」

「你怎麼會突然對我感興趣了？我與艾莉恩不同，是無法跟不同種族的物種生下後代的。」圖書館的視線從書上移開，轉到了葛東的臉上。

「就只是……算了，我還是說實話吧。」葛東本來想編一個理由的，可是他問的方式本來就很突兀，因為像這樣打聽女孩子的事情他也是第一次做。

葛東吸了一口氣，解釋道：「就是我們班那個友諒……妳見過的，最近老是跑來圖書館的那個，他拜託我問的。」

「他嗎……」圖書館又重新低回頭去，說道：「作為一名雄性，不斷在雌性身邊打轉，從這種行為看來，他似乎對我抱有不切實際的期望，但我是不可能接受他的。」

「我想也是呢……」葛東覺得這樣的結果算是預想之中，但隨即他又想到一個奇怪的問題道：「妳……妳的種族也是分成男性跟女性嗎？」

「是的，特雷尼人也是碳基生物，所以同樣有兩性區分。」圖書館頭也不抬，平靜地說道：「我的確是雌性的那方沒錯，但我跟地球人類的區別是很大的。」

「好吧，這樣的答案應該可以讓他死心了吧！」葛東想著要怎麼跟友諒開口，只是友諒拜託他幫忙打聽點消息，葛東卻直接打聽出了拒絕的答覆。

「你真遲鈍。」兩人之間的對話因為葛東陷入思考而暫停，卻不料圖書館在此時開口，雖然依舊是顯得平板的語氣，但似乎隱約有埋怨的意思透露了出來。

「怎麼了嗎？」葛東不明白自己為什麼被責備了。

「我剛才說，我與艾莉恩不同，是無法與不同種族的物種生下後代的。」圖書館再度仰起頭來，眼鏡反射著日光燈，那光芒竟使人感到刺眼。

「所以說……啊！」葛東忽然明白了她的意思。

圖書館不能與其他種族產生後代，但艾莉恩不同。

「這是艾莉恩被當作危險的理由之一，這種能與其他物種產生後代的能力，保證了他們具有快速繁殖的可能，用你也能明白的比喻就是蝗災吧，具有快速大量繁殖能力的高智慧種族，在遇到之前從未想過會有這樣的存在。」

「這麼說來，艾莉恩也提過要建產房的事情……」

產房的事情對圖書館並非秘密，在她聲稱加入征服世界的行列後，艾莉恩已經對圖書館說明過這個目標了。

「所以，就是這樣，請轉告友諒學長，與其把主意打到我頭上，不如認真考慮一下以艾莉恩為目標吧。」圖書館絮絮叨叨說了這麼多，到這裡終於顯露出了真意。

「妳說了這麼多，該不會就是為了讓友諒把目標轉移到艾莉恩身上吧？」葛東頓時警覺，這個話題也轉得太硬了。

「並不是如此，你誤會了。」

葛東認真地想從圖書館的臉上看出些什麼，但這樣的嘗試果然遭遇到了失敗，畢竟葛東所見到的可是機器人，雖然不明白運作的原理，但想要控制她面無表情應該是很容易做到的。

「我記得第一次見面的時候，某人還抱怨人類總是在說謊來著？」

「我說的是人類是擅長欺騙的種族，況且我來地球好一段時間了，也已經習慣了人類的說話方式。而且這不是說謊，只是轉移重點罷了。」

葛東認真地盯著圖書館，似乎想從她臉上看出一些端倪來，但這樣的嘗試理所當然是失敗的，雖然不知道眼前這個機器人究竟是以怎樣的原理來顯露情緒，但她很明顯是可以關掉表情功能的。

「好吧，這個話題就暫時到此為止，不過妳說妳來到地球好一段時間了，就沒有喜歡上這裡的什麼嗎？」

「你還真是堅持。」

「受人之託，忠人之事嘛！」

# 第十章
# 艾莉思，殺戮本能亢奮中！

從圖書館這裡得到了她喜歡些什麼的情報後，葛東又去找了友諒。

只是一個眼神，他們就產生了默契，若無其事地一起走向了廁所。

「交換條件，我這邊也有要拜託你做的事情，而且比起打聽女孩子的喜好，我這邊的拜託是困難很多的。」葛東迎著充滿期待的友諒，卻無情地把這個消息拿來做交易。

「你先說說看？」

友諒雖然期待葛東的情報，但憑他們的交情，還讓葛東說出困難這兩個字，就表示這真的很難辦。

「我希望你向陽曇傳遞一個消息，是這樣的……」葛東讓友諒附耳過來，唧唧咕咕地把他的打算傳遞了過去。

「可以是可以，但是……這有什麼意義？」友諒聽完之後倒是不覺得多困難，只是覺得用意不明而已。

「我這邊問題也很多啊……」葛東露出了苦笑。

「好吧，這件事就交給我來做吧，所以蓓芮她喜歡的東西是什麼？」友諒拍著胸膛答應下來。

「接下來我說的都是真話，是圖書館親口告訴我的。」

聽到友諒答應後，葛東開始說起圖書館的情報，葛東也不是故意要賣關子，可是不先強調的話，恐怕友諒會以為他在開玩笑吧。

聽了葛東的說明之後，友諒不可思議地問道：「你是說她喜歡聽別人說謊？」

「並不是說謊，而是跟她說些非常不合邏輯或者腦殘的言詞，當然說謊也是其中一部分，不過你把她騙過去以後，要回頭說明剛剛哪裡是騙人的。」葛東在解釋這一切的時候，多少也明白為什麼圖書館會跑來加入征服世界了。

會說要征服世界這種瘋話的集團，除了葛東這邊以外就是ＶＩＣＩ團了，可是考慮到圖書館還有監視艾莉恩的任務，那麼加入進來於公於私都是無可挑剔的選擇。

「其實我好像挺擅長這個的嘛！」友諒在一開始的驚訝過後，卻又覺得自己的機會大增了。

原本葛東是想勸阻他的，但一來沒什麼好藉口，二來見他眼神閃閃發光、興致勃勃的模樣，估計勸說了也沒用，搞不好還激起逆反心理弄得友諒非要成功不可，那樣反而不好。

再說了，失戀什麼的，經歷一下也沒有關係吧……到時候葛東也會負起責任來陪他一起傷心就是了。

「那你就加油吧……」葛東就只能違心地這麼一說了。

處理好這邊的問題以後，剩下的只有拜託友諒去做的事情了。稍微令葛東有些擔心的是日期的問題，因為開始打工以後，他的時間就變得很緊繃，要是ＶＩＣＩ團選在了平常日那可吃不消。

好在，這次是由葛東這邊主動進行的計畫，因此時間是由他來挑選。

隔天，友諒帶來了好消息，葛東請託的事情已經完成了，ＶＩＣＩ團相當重視友諒給他們送去的情報，緊急討論了出動的可能性。

「呼，這樣就可以了。」葛東給出的時間是禮拜六，ＶＩＣＩ咖啡打烊後一個小時，雖然那樣全部結束的時間可能會很晚，但隔天就是週日，可以好好的休息。

「葛東啊，我覺得這次有點危險啊！」友諒作為牽線人，多少也明白了他在做什麼。

葛東無奈地一嘆，說道：「所以你到時候小心一點，如果可以的話，我希望你不要到場是最好的了。」

友諒對此只能搖頭，聳著肩膀說道：「怎麼可能！陽曇不會放過我的。」

「說的也是呢……」

消息已經傳出去，事到臨頭了葛東才突然想起來，似乎友諒還不知道艾莉恩的能力，作為敵人的大叔和陽曇都見識過了，但是友諒那幾次都不在場。

葛東有點猶豫要不要直接告訴友諒，稍微試探著問道：「對了，你有從陽曇那邊聽到班長的什麼事嗎？」

「你是指什麼？」友諒不明所以地反問道。

「就是……作為敵人的看法之類的？」

「沒有聽說，而且我到現在都沒見過你們動手啊。」

「連ＶＩＣＩ團那邊也沒有嗎？」

友諒搖頭，似乎他作為一個戰鬥員甲，卻不被期待具有戰鬥力，所以有什麼要動手的場合都會把他叫開的樣子……

至少可以確定的是，友諒絕對不知道艾莉恩的能力。

「那麼，你們那個……奶茶，會來嗎？」葛東還是覺得那個稱號很難叫。

「不會，我想她大概也不會穿我們那個衣服吧，雖然首領他已經準備好奶茶的緊身衣了。」友諒一提到那個緊身衣，就不由得有些洩氣的模樣，說道：「跟蓓芮第一次見面時是穿成那個樣子，真是太糟糕了……」

緊身衣這種東西，大庭廣眾之下穿確實是有點奇怪，會穿著那個在大街上走的，只有美漫以及日本特攝作品裡面的角色吧！

友諒自怨自艾了一陣子之後，又說道：「還有你們要不要也取個團名，不然我們每次會議的時候，稱呼你們都是直呼其名，要是哪天不小心被誰聽到也不太好。」

「你是說我們也取個像你們ＶＩＣＩ團之類的叫法？」葛東一直沒有想過這方面的

事情。

「嗯，最好也取個代號，這樣我們才好把這邊跟那邊的事情分開。」友諒作為一個征服世界的老前輩，非常誠摯地提出了這個建議。

「也好，我等一下去跟班長商量一下。」葛東想想也是，反正取個代稱而已，對大家都方便。

友諒總覺得已經可以預見他們會取出什麼稱號來……

「那麼，條件都聚齊了。」葛東看似老謀深算地自語了一句。

※　※◆※　※

打工的時候，葛東可以感覺到ＶＩＣＩ咖啡的氣氛比以往緊繃。

藏不住心事的陽曇頻頻打量著葛東，就連大叔也是一臉嚴肅的模樣，搭配他的外型，淡淡的殺氣從半開放式的廚房飄蕩到外頭來，使得客人們完全無法放鬆，很快就吃完走人了。

要是一直這樣的話，恐怕這家店很快就會倒閉了！

察覺到這點的大叔，除非有客人點單，否則都躲進了員工休息室。

「今天的氣氛好像有點不對？」艾莉恩趁著和葛東兩人在後場照面的時候，迅速地問了一聲。

「我也這麼覺得。」葛東雖然知道理由，但現在只能裝傻了。

葛東現在還沒跟她說週六的事情，才剛接手說要負責就馬上拿出情報，就算艾莉恩沒有懷疑，這個效率也顯得太高了。

葛東打算晚點再跟她說，最好是禮拜五晚上，那樣也能減少艾莉恩做出過多準備的可能性。

時間就這麼波瀾不驚地來到了週五，ＶＩＣＩ咖啡的緊繃感也不斷升級，然後在今天打烊之前，大叔店長宣布了一件事。

「明天會提早一個小時打烊。」

大叔店長的這個決定，讓葛東想起了上次的襲擊學校事件，那次也是拖延到了ＶＩＣＩ咖啡的營業時間，只不過葛東去的時候已經是放學後了，店裡早就已經恢復了正常營業。

似乎……只要多來個幾次類似假日出動的事件，ＶＩＣＩ咖啡的收入就會受到很大的影響啊！

抱著這樣的心思，葛東跟艾莉恩說起了明天的事情。

「找到ＶＩＣＩ團的蹤跡了？」

艾莉恩驚訝得都沒辦法克制自己的音量，當街就這麼喊了出來，好在他們不在人來人往的商業街，周圍行人甚少，就算聽到了他們的對話，也只會以為是這兩個年輕人之間才知道的內容。

ＶＩＣＩ咖啡設立在住宅區真是太好了，人少的話，遇到喜歡打聽的那種人的機率也下降了。

但葛東還是趕緊做個手勢讓她安靜一些，壓低了聲音匆匆說道：「他們將在曾經把我綁去的那個廢棄大樓碰面，我只知道時間會在九點以後，確切的時間不清楚。」

本來這個時間應該是十點以後的，但大叔宣布提早一個小時打烊，葛東也就相應的提早了一些。

「我知道了。」

艾莉恩並沒有露出什麼特別的表情，但葛東卻覺得她不一樣了。

就好像是，原本溫馴的動物突然露出了獠牙，意識到這一點的葛東背脊不由自主地發緊，一陣寒意從大腦頂端一路往下竄。

葛東忍耐著這股寒意，說道：「等打工結束，我們一起過去，記得帶件便服，穿制服太顯眼了。」

「我知道了。」艾莉恩又答了同樣的應詞，但這次她笑了。

那如櫻花般的粉唇曲成了兩道彎月，露出了底下潔白的牙齒，雖說唇紅齒白是形容美貌的成語，但落在此時的艾莉恩身上，卻只讓葛東感受到一陣緊張，簡直像是面對凶猛野獸似的！

在把葛東送回家的路上，艾莉恩一直很開心，她臉上的笑容幾乎就沒有斷過，而葛東相對的就沉默了許多。

然後，葛東突然想起來他沒跟圖書館說這件事。

「圖書館她……不太適合這種直接衝突的場面。」艾莉恩收斂了笑容，很是仔細地思考了一番之後說道：「雖然她身上總是帶著電擊棒，但電擊棒的攻擊距離不夠，ＶＩＣＩ團可是一些會拿著刀槍棍棒的傢伙。」

艾莉恩依舊把襲擊學校的那群傢伙全部當成ＶＩＣＩ團的，當然他們確實也是披上了那樣的皮，只是某個大叔的黑鍋再也無法從背上取下了。

「啊，我們也取個像ＶＩＣＩ團那樣的稱呼吧，還有代號。」葛東在今天之前都沒想過要帶圖書館去的問題，而且很無情的是，他突然想到圖書館的理由就是這個。

不知道為什麼等事到臨頭了，才把所有的事情一口氣全部想起來。

「代號的話……你是會長。」艾莉恩指了指葛東，然後又指了指自己說道：「我是班長，圖書館是圖書館？」

「喔，好像不錯的樣子。」葛東也沒想過要取個多厲害的代稱，只要別太菜市場就可以了。

「那我們的團名就……因為葛東是會長，征服世界會？」

很直白、很直接，葛東他們的團名就這麼決定下來，然後還透過電話告知了圖書館。

「結果我連代稱也要叫圖書館嗎？」

「妳有什麼其他的提議嗎？」

「沒有，圖書館很好，我很喜歡。」

與圖書館的通話簡簡單單就完成了，葛東猜想這個奇怪的外星人說不定期待個更加詭異的代稱吧！

得到了ＶＩＣＩ團的消息，艾莉恩心情亢奮地把葛東送回家，她甚至都不自覺地哼起了歌。

與艾莉恩道別後，到家的葛東在走回自己房間的過程中，經過妹妹房間門口時，從那沒關好的門縫中聽到了她講電話的聲音。

「明天晚上？肯定不行啊……才不要，我不會去的！」

大概是朋友邀她去玩吧，不過妹妹很守規矩地拒絕了，葛東聽到這裡也就覺得沒有干涉的必要。

※　※◆※　※

然後，週六。

今天ＶＩＣＩ咖啡的氣氛可說是緊張到了最高點，隱隱約約帶上幾分殺氣，黏稠冷硬得彷彿呼吸中都摻雜著某種金屬物質似的。

咖啡廳該有的那種輕鬆閒適徹底消失了，明明是週六卻沒有客人，葛東把手中的杯子擦了又擦、擦了又擦，他試圖想從大叔店長那裡看出些什麼，但大叔擺出了岩石般的表情，葛東完全無機可趁。

晚上八點，ＶＩＣＩ咖啡提早一個小時打烊，漫長且無事可做的打工結束了，葛東跟艾莉恩各自去換了便服，葛東穿了一套方便活動的服裝，而艾莉恩則是穿了他之前送的長襯衫，那件紅底帶黑的長襯衫穿在艾莉恩身上非常搶眼。

沒有多餘的對話，他們前往葛東上次被綁架時的那棟廢棄大樓，四十多分鐘後，他們搭乘的公車抵達了站牌。

葛東忽略了一件事，廢棄大樓是沒有電力的，所以整棟大樓黑漆漆的什麼也看不見，而他也沒帶手電筒之類的東西，艾莉恩則是不受黑暗影響，所以不需要手電筒。

由外頭望去，大門及各窗口更是黑暗得像是要將人吞噬進去，葛東突然冒出一種好像在進行試膽大會的念頭。

一想到試膽大會，各種聽說過的鬼故事就不斷冒了出來，一時間葛東感到幾分躊躇，但是艾莉恩卻毫不猶豫地向前而行，見到她如此無懼，作為一名男性，葛東也只好硬著頭皮上了。

進到大樓裡面，葛東深切體會到伸手不見五指究竟是怎樣一個程度，不得已只好掏出手機，用螢幕散發出的些許光芒來照亮周圍。

「不要這麼做比較好。」艾莉恩瞥了葛東一眼，如此說道。

「太黑了，不這樣我什麼也看不見。」葛東上次被綁來的時候是白天，於是他也就沒有意識到光線的問題。

在城市待久了，葛東覺得到哪裡都有燈光是很正常的事，這也能算一種文明病吧！

「那麼我先搜索一下大樓內部，你在外頭把風，如果ＶＩＣＩ團他們從外頭過來，你就透過手機通知我。」艾莉恩的聲音從黑暗中傳來，因為是在建築物裡頭，一陣陣的回音弄得葛東都不確定她在那個方向。

「好吧，但如果班長在大樓裡遇到什麼，也要通知我。」葛東發覺自己派不上用場的時候，對自己的失望就壓過了恐懼，突然間廢棄大樓一點也不恐怖了，他只覺得這種黑漆漆的情況非常討厭！

雖然大樓中什麼也看不見，不過朝大門口的方向望去，可以看到一個長方形的門洞形狀，不管是路燈或是別人家窗口的光線，都比大樓內部要明亮得多了。

來到大樓外的葛東左右張望了一下，如果要待在明亮的地點，基本上就沒有隱蔽性可言，雖然廢棄大樓聽起來有很多地方可以躲藏，但那是指大樓內部，外頭只有一塊荒煙蔓草的公共前院。

想了想，葛東決定待在大門口，如果VICI團過來，他只要往裡頭一躲就可以了，艾莉恩趕過來應該也不用多長時間。

結果VICI團沒有等到，艾莉恩的搜索先行告一段落了。

葛東正有點發呆地望著外頭時，突然肩膀傳來一下拍擊。

「我那邊結束了，VICI團的人來了嗎？」

「還沒。」葛東發呆到連驚嚇都沒準備好，他拿出手機看了一下時間，九點一十三分整。

葛東將手機收好，問道：「有找到什麼東西嗎？」

「沒有，找到了後門但是鎖上了，另外四樓的緩降梯還可以使用。」艾莉恩整個人藏在黑暗中，從葛東這個方向只能隱約看到一個輪廓。

緩降梯這種東西，葛東在消防講習的時候有使用過，他回想了一下，使用步驟也都記得，於是暗自把那個當成一個可以緊急脫逃的手段。

因為要等ＶＩＣＩ團出現，所以葛東暫時無事可做，只能跟艾莉恩閒聊道：「班長，對付ＶＩＣＩ團，在不使用變身的情況下，妳能夠打贏他們的首領嗎？」

「不使用變身……你是說用人類的樣子跟那個首領交手？」艾莉恩略微思考了一會兒後，做出答覆道：「如果是現在這個環境，我會贏，但如果是在白天，我應該是打不過吧。」

「咦，打不過嗎？」葛東本來只是沒話找話，聽到這個答覆後反而來了精神。

「嗯，身高跟體重是搏鬥中很重要的因素，我擬態成人類的時候，也是要受限於人類型態的限制，完全擬態沒有偷偷變化肌肉型態的話，也是達不到奧運得獎水準的。」

「奧運得獎水準好像也是很厲害了啊……」葛東不太能明白這個類比的等級究竟在哪個程度。

在葛東思考的時候，艾莉恩又補充說明道：「還有，我那個不是變身，是擬態。」

「都是一樣的吧……」葛東說變身也只是順口而已。

「不一樣，變身跟擬態是不同的，變身是動用外力來改變自己，而擬態則是生物本身的能力！」

艾莉恩似乎很在意，所以葛東也就順著她的意思改口了。

閒聊中，葛東頻頻注意時間，眼看著已經快十點了，便說道：「班長，我再跟妳確認一次，等會兒對付ＶＩＣＩ團，把他們打倒就好……如果不行就趕緊撤退，不要弄到生死相搏，可以嗎？」

「我並非反對吸收他們的想法，但現階段看起來並不像是有成功機會的樣子。」

「所以才要努力爭取，而且他們又變得更加強大了，那個新的四天王……她的稱號是奶茶，從園遊會那時開始，所有的計畫都是出自於奶茶之手，班長也親身體驗過對方的計謀了。」

要說葛東不好奇那個四天王是誰絕對是騙人的，可是說要認識她甚至把人拉來一起征服世界，那就絕對是騙人的了。

一方面是葛東並非真心想要征服世界，另一方面則是，能想出那麼陰險計謀的傢伙，葛東無法放心與對方來往。

「確實，奶茶的計畫更像是在針對人，這是我不擅長的地方……有人來了！」

隨著艾莉恩的警告，那種閒聊似的氣氛徹底消散了。

# 第十一章 與VICI團的再次交手。

週六晚上十點，很多人的夜生活才剛開始，但對於目標放在征服世界的ＶＩＣＩ團來說，沒有什麼比阻止葛東一行人更重要。

葛東拜託友諒的事情就是，向ＶＩＣＩ團傳達他們要利用這棟廢棄大樓，做一些征服世界準備工作的情報。

當然不是太詳細的消息，而是模模糊糊好像有那麼一回事的東西，那樣聽起來比較真實，而且葛東也想不出征服世界應該做些什麼準備。

所以整個計畫就是，葛東跟友諒互相欺騙自己的同伴，都說是對方要利用這棟廢棄大樓，然後讓他們在這裡好好打一架。

葛東這邊固然是有點給艾莉恩發洩情緒的用意，而友諒那邊也有另外的想法，奶茶的神秘主義使他產生了幾分危機感，友諒迫切地想揭穿她的真面目，而葛東的提議是一個很好的機會。

就這樣，懷著不同心思的兩人，各自把團隊帶到了這棟廢棄大樓……不過葛東只帶了艾莉恩來而已，甚至都沒有通知圖書館一聲。

全副武裝的ＶＩＣＩ團出現在了廢棄大樓前，他們比葛東占優勢的地方是大叔自己開車，不過找停車位果然是個大麻煩，他們在兩個街區外才找到了位置。

如果他們這樣穿著蒙面緊身衣的樣子被附近居民看到了，肯定會被報警，所以他們也很聰明地把緊身衣穿在普通的衣服底下，然後等到了之後再把面罩戴上去。

「奶茶真的沒來啊……」友諒見來到廢棄大樓的都是老成員，不由得嘀咕了一句。

「出發之前就說過了吧！」陽曇瞪了他一眼，迅速地將外衣脫了下來，然後不由自主地打了個寒顫，縮著肩膀道：「天氣已經開始有點涼了啊……」

陽曇……現在是闇了。

闇是標準的邪惡女幹部裝束，類似泳裝的緊身衣在胸前敞開到極限，腰腹也完全暴露在空氣中，即使在游泳池畔也是顯得大膽的打扮，但是這樣的服裝顯然完全沒有保暖效果。

「這倒是沒有考慮到的部分，我們回去就考慮冬裝的問題吧。」大叔首領身強體壯，這個還算是秋天的氣候對他一點影響也沒有。

「原來我們現在穿的是夏裝嗎？」友諒倒是有些意外，他的緊身衣穿起來很氣悶，之前在學校穿的時候可是悶出了一身汗。

「不，我沒有考慮過季節的問題……」大叔首領摸了摸額頭上的金色裝飾，他本人在冬天也可以穿個T恤、短褲就出門的，所以在服裝這個問題上，大叔首領也只是重點挑選布料的顏色。

「我們這次還是按照以往的分配嗎？」友諒指的是由首領跟闇突擊，而他把風的這種分配。

本來只是例行性的一問而已，怎料大叔搖了搖頭，說道：「這次只讓我一個人進去，有必要的話再叫你們進來。」

「我也留在外頭嗎？」闇知道自己完全不是艾莉恩的對手，進去了也會變成累贅。不過就這麼讓首領一個人進去，似乎也不太妙，因為在這種黑暗的環境下，艾莉恩那種能夠變化肢體的戰鬥方式，將會得到強大的提升。

大叔一邊往手上套拳套，一邊說道：「沒問題的，這次是他們在密謀要做些什麼，只要我們出現，他們所密謀的事情就算是失敗……不，從我們知道這個消息的時候開始，他們的失敗就已經註定了！」

拳套乍看之下好像是削減拳頭威力的東西，實際上是用來保護手指的，手的關節非常多，全力一擊之下受傷的機率非常高。

「那我跟陽曇……我跟闇都要待在前門這裡嗎？我記得大樓裡有個後門，雖然是鎖上了的。」友諒再次開口，試圖讓自己能夠單獨行動。

「後門嗎……我也記得。」大叔首領曾經利用過這裡當作放置肉票的基地，自然也是對大樓進行過初步的搜索，於是說道：「那麼正門這邊比較靠近大路，就交給闇負責，戰鬥員甲就去後門那邊，看著就好，有人出入就通知我一聲，ＯＫ？」

「ＯＫ！」友諒重重點頭，這就是他所需要的決定，轉頭又向闇說道：「給我奶茶的聯絡方式吧。」

「嗯，你不知道嗎？」

「不知道……你們誰也沒告訴我啊！」友諒可憐兮兮地說著。

「真拿你沒辦法……」闇從自己的小包裡拿出了便條紙，在上頭寫了一串號碼後遞給了友諒。

「那麼我們就開始吧！」大叔首領見最後的準備也差不多了，一拍巴掌，三人就各自散開按照分配來行動。

友諒往後門小巷去的時候，回頭望了一眼，這一眼見到了令他印象深刻的景象，恐怕這輩子都不可能將之從腦海中驅逐出去！

大叔首領他的緊身衣……發光了！

並不是螢光那種淺薄的東西，而是全身上下貼滿了細小的ＬＥＤ燈，宛如人形霓虹燈似的，將周圍的黑暗徹底照亮！

友諒又把視線往闇的方向投去，只見她也是瞪圓了眼睛，像是被大叔首領的樣子震驚了。

然後闇她默默地偏開了視線。儘管守在大門處的她，除了把風以外還有接應的任務，但她卻把視線偏開了。

在大樓裡的葛東也震驚了，從艾莉恩聽到有人到來時，他們就上到二樓從窗口窺視，所以大叔渾身亮起來的瞬間，葛東和艾莉恩全程目睹了。

在啞口無言的葛東身邊，艾莉恩卻是冷靜地說道：「不愧是ＶＩＣＩ團的首領，這樣我就失去在黑暗中的優勢了。」

「班長為何能如此冷靜……」葛東只覺得想要吐嘈的欲望充塞在胸膛，可是偏偏說不出來，憋得他都快內傷了！

「嗯？」艾莉恩轉過頭來十分不解地望了他一眼，說道：「對付敵人時保持冷靜是基本要求吧？」

「雖然是這樣，但……」面對正論，葛東沒辦法反駁。

那個畫面實在很難以接受！不過，他也只能眼睜睜看著渾身發光的大叔首領走進了大樓正門。

「好像只有首領一個人進來，我們在二樓樓梯口埋伏吧。」艾莉恩拉了葛東一把。

在看不見東西的情況下，要在大樓內移動，只能由艾莉恩來牽著他。

透過手掌的接觸，葛東發覺艾莉恩的體溫又升高了些許，就好像興奮中的正常體溫上升那樣，葛東並不清楚這樣的體溫上升對艾莉恩來說是否正常，可是底下大叔首領已經進了大樓，那沉重的腳步聲清晰可聞，葛東擔心自己一開口就會被對方聽到。

葛東跟艾莉恩一左一右埋伏在樓梯口兩邊，等大叔首領上樓就要給他一個狠的！

葛東對此完全沒有罪惡感，這群傢伙可是害他焦頭爛額好些日子了！

但是，大叔首領卻沒有急著上樓，而是停留在一樓的電梯井前，猛然開口喊道：「VICI團首領在此！」

大叔首領的喊聲渾厚雄壯，這麼一喊想必整棟大樓不管在哪裡都聽得見，而且大叔首領一連喊了三次才停下，接著就抱著雙臂立在原地，似乎是在等葛東他們出來見面。

「他在做什麼？」艾莉恩眼中充滿了疑惑，因為她可是聽葛東說VICI團今天會在這裡聚會的。

「看來我們已經被發現了。」葛東立刻想到了是情報的問題，為了阻止這場相遇真相暴露的可能性，他趕忙說道：「走吧，埋伏恐怕是不可能的了，我們下去吧。」

艾莉恩點點頭，既然已經被發現了，那麼繼續埋伏也沒有意義。

於是葛東從樓梯口現出身形，然後對大叔首領說道：「想不到你的鼻子挺靈光的嘛，竟然被你發現了。」

「是你們自己太不機密了。」大叔首領打量了他一番，問道：「怎麼，莫非你來過這裡一次，竟然還喜歡上這個地方了嗎？」

「怎麼可能！但是在說正事之前，我有件事情要向ＶＩＣＩ團通知一聲，我們的組織從今天開始，叫做『征服世界會』，你可以叫我『會長』。」葛東想著不能所有事情都讓友諒傳遞，趁著這個機會把決定好的代稱宣布出來。

「哦？挺好的嘛，征服世界會……」大叔首領笑了一下，覺得這名稱不怎麼威武，不過有個稱呼確實方便很多。

大叔首領明顯在等葛東說話，可是他卻已經沒有話說了，因為葛東並非有什麼事才來到這棟大樓，他讓ＶＩＣＩ團過來的最大原因，是為了實行艾莉恩強烈期望的反擊，同時也是想要讓ＶＩＣＩ團收斂一點，不要一天到晚使用那些陰險的手段。

葛東想了又想，將自己的目的釐清之後，這才說道：「既然見面了，那就跟上次一樣，用些什麼來決勝負吧！」

「我拒絕，不管征服世界會在計畫什麼，但是當我出現在這裡，勝負就已經決定了！」大叔首領想也不想地拒絕了，他跟艾莉恩交手兩次都沒有占到便宜，更何況現在是以一敵二。

即使葛東看起來不像是擅長打架的樣子，但多了一個人總是需要顧慮。

然後大叔首領就這麼戒備著慢慢後退，好像要離開的樣子。

這樣下去不行，葛東還想著要打倒對方後問一下奶茶的事情，要是讓他跑掉可就無法完成了！

「班長！」葛東情急之下大聲喊道。

「了解。」

儘管同意要出來面對，但卻只讓葛東出面，艾莉恩自己依然躲在樓梯邊不現身，原本這是為了防止大叔首領突擊過來，她就可以從旁邊出其不意的動手，可是對方打算撤退，這個預防措施就失去了效用。

現出身形的艾莉恩毫不猶豫地由二樓跳下，腳尖在某階樓梯上一點，就改變方向朝向大叔撲了過去！

「果然！」大叔首領並不意外，從葛東現身的時候，他就在提防隨時可能出現的艾莉恩了。

閃過艾莉恩第一下的撲擊很簡單，大叔首領看起來猶有發起還擊的能力，只不過兩記快速的刺拳被艾莉恩左右一擺頭閃了開來，然後她以極為快速的頻率向大叔首領發起了猛攻！

大叔首領跟艾莉恩的交鋒算上這次已經是第三次了，第一次因為初次見識到她肢體變化的能力，被艾莉恩打了一個措手不及，第二次則是在一時失去視覺的情況下被伏擊，這兩次的經驗讓大叔首領對艾莉恩感到深深的忌憚。

但是，到了這次，也就是第三次的交手時，大叔首領發現一些前兩次所沒有注意到的東西。

艾莉恩只是仗著身體條件的優勢在出手。

沒有經過訓練的出手，速度很快、力量很強，但姿勢一塌糊塗，練過拳擊的大叔首領可以輕易判斷出她的下個動作。

而且不知道為什麼，艾莉恩一直使用人類的樣子與他交手，雖然力量跟速度遠遠超出她那個體型應有的水準，但是都被她那雜亂的動作抵銷掉了。

「真是浪費……」大叔首領招架了一會兒，忍不住發出了感想。

「夠了，班長，先住手吧！」葛東在樓梯上方見兩人一時分不出勝負，擔心繼續下去會演變成無法收拾的事態。

艾莉恩很聽話地收手後退，大叔首領也沒有趁機襲擊，只是深深地呼吸幾口以恢復體力。

大叔首領這身燈泡裝看上去有奇效，但也因此產生了另一個問題，那就是熱。

不只是緊身衣本身被燈片蓋掉了透氣性，同時這些燈片本身也是會發熱的，不一會兒就讓大叔首領渾身大汗，體力消耗的速度比正常情況快上許多，只不過在那深色布料的遮掩下沒有暴露而已。

除了體力，還有電力的問題，這身燈泡裝所需要的電力只能依靠電池，他已經在盡可能不造成行動麻煩的情況下多帶電池了，這種大面積發光的東西特別耗電，因為時間的關係所以大叔首領沒有進行測試，但想必也不會支撐得太久。

「看來今天也是沒辦法做出決定性的結果呢。」葛東穩定了一下情緒，對方跟艾莉恩打成了個平手是他沒有想到的狀況。

雖然這跟艾莉恩堅持著用人類型態與大叔首領戰鬥有關，不過這也給葛東敲了個警鐘，讓他知道艾莉恩並非是無敵的。

「如果能這麼輕易打出決定性的結果，我們之間早就分出勝負了吧！」大叔首領故意用上了輕鬆的語氣，藉此掩飾他的疲憊。

「真是遺憾，我本來還想打聽一些事情的呢……」葛東這倒不是完全在裝腔作勢，他是真的很想知道。

「即使我被打倒了，也不會這麼輕易告訴你的。」大叔首領多少也能想像得到他這兩個禮拜之間是如何焦頭爛額，望向他的目光中便不自覺地帶上了幾分得意。

「我可以想像得到……」葛東也不是把所有的希望都寄託在這上頭，只是沒有戰績光憑交涉是得不到想要的東西。

就在他們對峙著，互相想試探出更多東西的時候，葛東的手機卻十分不合時宜地響了起來。

「……抱歉我先接個電話。」

「……」大叔首領對他如此破壞氣氛感到無語。

手機上的顯示名字是圖書館，對於沒有把這次的計畫告訴她，葛東內心頗有些過意不去，但是他一接起來，就聽到圖書館開門見山地說道：「你們這次釣ＶＩＣＩ團出來的行動，被附近居民發現了，警方已經接到報案，很快就會到那棟大樓了。」

「呃……妳是怎麼知道我們在這裡的？」葛東頗有種被人贓俱獲的感覺，不由得訕訕地反問道。

「葛東學長忘記我的任務了嗎？」圖書館用著非常正經，一點也不帶有情緒地的語氣說道：「艾莉恩的事情我一直都在關注著，不管白天或者晚上，不管同伴有沒有通知的今天的行動，不管我是不是被撤下了，我的任務是不會輕易中斷的。」

「妳難道是在生氣嗎……」葛東額頭上冒出了汗水。

「沒有，我是訓練有素的監視員，並不會因為這點小事就動怒，隨時保持冷靜也是訓練的要求之一。」

「總之警察快來了吧？我們得趕緊離開才是，我先掛電話了！」葛東擔心她又說出什麼刺痛人的話來，匆匆地把電話切斷了。

他說話的時候並沒有特意壓低音量，因此內容也被大叔首領聽了去。

「警察要來了嗎？」大叔首領略驚訝於他們連這種情報都拿得到手。

「真是沒辦法，我們在這裡大吵大鬧，大叔你又穿了這麼一身燈泡裝，不被報警反而才是一件奇怪的事！」葛東把原因一古腦兒地推到大叔首領身上，不過從可能性方面來看，葛東的指責並非沒有道理。

「哼，隨你怎麼說吧，看來今天只能到此為止了呢！」大叔首領有些慶幸，要是征服世界會不依不撓地要繼續下去，他恐怕無法支持太久。

相對的，艾莉恩彷彿一點也不疲倦似的，依然是一副隨時都要衝上來的模樣！

大叔首領撤退了。在警察即將到來的情況下，艾莉恩雖然有所不滿，但也無法再有什麼異議。於是這一場連虎頭蛇尾也算不上的遭遇，就這麼草草開始、草草結束了。

比起穿著緊身衣的VICI團，征服世界會這邊輕鬆得多，葛東和艾莉恩可都是穿著便服來的，雖然在外頭待到比較晚，但還不至於會被盤問。

不過他們還是儘快離開了，結果警察到現場的時候，已經人去樓空，什麼也沒有留下。

# 第十二章 征服世界也要背負夢想的重量。

警察到現場的時候，葛東和艾莉恩其實就在不遠處的公車站，這個時間的公車間隔比較長，他們兩人並肩坐在公車站的長椅上，看著警察先生們因為自己的關係白跑一趟，心裡不由得浮起一陣淡淡的歉意。

「今天的交手，感覺如何？」

葛東雖然跟友諒合謀把雙方都弄到這棟大樓來了，但對方只進來了一個首領，並且從一開始試探的意味就很濃厚。

「首領果然很強，保持人類姿態確實無法打贏。」艾莉恩即使坐在公車站長椅上，也依然是挺直背脊的優雅姿態。

「唔……這也是我想問的，為什麼班長要刻意使用人類的樣子戰鬥呢？」葛東記得自己曾經問過那樣的話題，但當時就只是問問而已，並沒有要求她的意思在。

「我也想試試看。」艾莉恩看了看自己的雙手，接著抬起頭來說道：「我們跟ＶＩＣＩ團的糾纏恐怕還要持續好一段時間，無法保證每次交手都會在沒人的地點。」

聽到艾莉恩並非毫無理由的那麼做，葛東也就放下心來，又問道：「除了確定彼此的實力以外，還有什麼收穫嗎？」

「嗯，我可能需要進行一些訓練，剛才首領的格鬥技巧讓我束手無策……」艾莉恩回憶了一下，左手咻地揮出一拳，快得葛東只看到一片殘影。

但是，艾莉恩卻很不滿意地搖了搖頭，自語道：「不只是快而已，好像還有什麼訣竅……」

艾莉恩的學習能力很強，不過這也要有人教她才行，並不是什麼東西都是看一遍就能學會的程度，尤其格鬥技巧不僅僅是外表看到的那些招式，還有身體內部的肌肉發力方法，這是隔了一層衣物而無法觀察到的部分。

葛東見她似乎在認真思考的模樣，於是也就不再打擾她，轉而抬頭看起了星星。

城市裡的星星只能見到最亮的那幾顆，稀稀疏疏三兩點就是全部了，按照日期算現在的季節已經是秋天，雖然白天的時候依然很熱，但入夜後就能感受到那股涼意。

該怎麼說呢？自從選上了學生會會長以來，葛東就保持在一個很忙碌的頻率下，平常要忙學生會的事情、要忙著打工，即使是禮拜天也要接受艾莉恩的補習。

雖然也不是沒有自己的時間，但不知道為什麼，在這張公車站的長椅上，比起待在家裡，葛東突然有種非常放鬆的感覺。

有點像是發呆，但是比發呆還要更深層一點，葛東腦袋裡那些紛亂的思緒漸漸平靜下來，相對的耳朵也好像變得更加靈敏了，就連身旁艾莉恩那細微的呼吸聲也聽得一清二楚。

「葛東，今天ＶＩＣＩ團來到這裡，並不是偶然打聽到的吧？」

突然，艾莉恩打破了這股靜謐，並且問話內容直指核心！

「班長為什麼會這麼覺得？」葛東猛然回首，這一問來得讓他措手不及。

「你跟我說的是ＶＩＣＩ團會在這邊碰面，但是來的只有首領，而且他一進來就大聲喊話了，不像是要跟誰見面的樣子。」艾莉恩先前被戰鬥欲望所影響，現在變得比較冷靜後，這麼明顯的破綻不可能漏掉的。

「啊……這個嘛……」葛東啞口無言，這的確是無法解釋的一個狀況。

「是你用了什麼手段讓他們出來的嗎？」艾莉恩直勾勾地注視著葛東。

被這麼注視著，葛東比起心虛，更多的還是猶豫。

「……是的。」

葛東最後選擇誠實，雖然也不是想不到謊言，但他未來可能還會拜託友諒不少次，每次都要想謊言的話，說多了總是會被識破的。

本來以為艾莉恩還會再追問詳情，但得到答覆後，她卻陷入了沉默。

這陣沉默一直持續到公車來，一路坐到了下車之後才結束。

位在距離葛東家那條巷子大約有兩百公尺左右的站牌，他們今天晚上這樣來回奔波，時間已經逼近午夜了，要不是葛東提前跟葛媽說過他會晚歸，恐怕這時手機已經被家裡打爆了吧！

就在葛東考慮等會兒怎麼應付葛媽問話時，艾莉恩幽幽地開口道：「葛東，不要再因為顧慮我而做這種事了。」

「妳是指……」葛東一時沒有反應過來，畢竟公車就坐了四十多分鐘，無法立刻聯想到那段談話也是正常的。

「就是讓ＶＩＣＩ團出現在廢棄大樓的這件事。」艾莉恩又重新把話題抓了回來，說道：「你一定是因為我所描述的鬥爭衝動，所以才不惜動用隱藏起來的手段吧……」

艾莉恩的猜測倒是命中了，可是事實真相沒有她想的那麼嚴重就是了。

不過當葛東把這個想法告訴她的時候，卻聽到艾莉恩強烈地反駁道：「不，能對敵方組織施以影響，將之引導到自己所希望的方向上，這是非常非常重要的手段，絕對不可以輕視！」

葛東被突如其來氣勢高漲的艾莉恩所壓倒，張大了嘴卻說不出話來。

仔細想想，假如在雙方都是認真想要征服世界的情況下，葛東跟友諒的友人同盟會是一個比想像可怕的同盟，葛東是征服世界會的頭目就先不說了，而友諒在人數甚少的ＶＩＣＩ團的重要性也遠比他的身分要高很多，最少也可以說服陽雲這個四天王來幫他說話。

尤其是，友諒有葛東能夠配合他，只要友諒願意，在葛東放水的情況下弄個四天王的地位也不成問題，雖然這麼一來ＶＩＣＩ團就會變成一個沒有基層的組織，不過反正征服世界會這邊也沒有，正好在這個地方也打成平手。

「也……不全都是為了班長。」葛東說的可是真心話，把ＶＩＣＩ團找出來除了安撫艾莉恩情緒的作用以外，葛東自己也想發洩一下連續被陷害的煩悶。

還有那個四天王的奶茶……

要說理由可以有很多，儘管就這麼承認下來似乎是個使好感度大增的機會，可是葛東卻不想這麼做。

「是這樣嗎……」艾莉恩得知她的因素只是其中之一時，也沒有表現出失落的模樣，反而是有些開心地說道：「太好了！」

「這是值得高興的事情嗎？」葛東有些看不懂她的反應，在他的想法中，有人專門為自己做些什麼應該是很感動的事情吧？

「是的，這代表你沒有因為感情因素而做出錯誤的決定。」艾莉恩滿臉的欣慰，但維持不了多久又沉寂下來，說道：「我給你添麻煩了，明明有著那麼遠大的目標，我卻因為心情受到影響……」

「我跟班長說過了吧，做任何事情首先要滿足的就是自己的欲望，所以優先考慮自身的需求是正確的。」葛東對於那次的豪言也只記得這麼多了。

艾莉恩點點頭，沒有再對這個談論過的話題多做回應。

原本他們離葛東家就不遠，這麼一通談話後又到了要分別的時候，葛東看了一下時間正好過了十二點，儘管不是很擔心艾莉恩的安危，但還是問道：「說起來，每天都讓班長這樣送回家，我還不知道班長的家在哪裡，距離這裡遠不遠？」

「在……」艾莉恩完全沒有防備心，張口就是一串地址。

葛東光聽地址只能判斷出一個大致的範圍，詳細在哪裡得查地圖才知道，不過光從那個大致的範圍，就能知道挺遠的。

葛東沒有去過那個地方，但是估計起來就算有直達公車，從他家到那邊起碼也要一個小時以上。

「那班長之前在送我回家之後，都是怎麼回去的？」

「走路。」

艾莉恩給出了這麼一個讓人震驚的答案。

「呃……要走多久來著？」

「快的話兩個小時就到了。」

葛東再次啞口無言了，因為艾莉恩每天都像這樣送他回家，然後隔天比他早到學校，所以葛東一直以為她家也就在學校附近，完全沒有料到她每天都還要花上兩小時步行回家！

「那，我回去了。」艾莉恩見他沒有說話，以為事情都告一段落了。

「等等，班長，以後妳就不要一直送我了吧！」葛東看到艾莉恩轉身要走，趕緊從後頭叫住了她。

「不行的，ＶＩＣＩ團已經在這裡埋伏過你，現在我們又與他們有了直接的衝突，在這裡襲擊你的可能性又增加了。」艾莉恩想也不想地就拒絕了。

「可是，妳這樣每天浪費太多時間了！」葛東忍不住喊了出來。

「在看到那篇作文之前，我的生活才叫做浪費時間。」艾莉恩用一種平靜的、讓人無法反駁的語氣這麼說道：「在那之前，我只是活著而已，沒有理想、沒有目標，在人群中偽裝自己惶惶不可終日，直到我看到了那篇作文……」

葛東感到喉嚨中有些乾燥，一個無心的玩笑被人當作救命稻草並不是件愉快的事情，反而帶來一股沉重的歉疚感，而艾莉恩的述說還在繼續。

「葛東，你要知道，你的夢想拯救了我，我願意為了你的夢想犧牲一切，現在只不過是犧牲一點時間而已，根本算不上什麼。」

好沉重，實在太沉重了！

如果葛東真正抱有征服世界的野心，或許還能背負這份沉重繼續向前，很可惜他並沒有那麼堅強，即使這段時間擔任學生會會長，得到了很大的成長，但關於野心這種東西，不是突然就能冒出來的，必須讓他見識到權力帶來的好處，才能慢慢滋長壯大。

現在的葛東還只是個高中生而已，他的雙親也只是普通的上班族，雖然擔任了學生會會長，可是距離權力這種東西還是顯得有些遙遠。

艾莉恩就在葛東沉默的期間飄然而去，儘管葛東很想留下她來多說幾句，但壓在胸口的那股重量卻讓他說不出話來。

抱著這樣那樣的念頭，葛東拖著疲累的身軀回到家，原本他覺得這個時間頂多老爸還在看電視之類的，沒想到一進家門，確實是有人在看電視，但坐在客廳沙發上的卻是妹妹。

「妳怎麼還沒睡？」葛東訝異地看著妹妹，雖然沒有刻意計算過，但妹妹是屬於早睡的孩子，摸到半夜還醒著的次數屈指可數。

「跟人講電話忘記時間，沒看到連續劇，所以在看重播。」妹妹回答的時候，視線根本沒有從電視上移開。

葛東偷偷瞥了一眼，發覺是那種幾百集的超長連續劇，他竟然不知道妹妹平常有在看這個。

葛東猜測妹妹待到這麼晚，說不定也有他的因素，葛東可是第一次這麼晚才回家。

可是，為什麼是妹妹？

本來在葛東的想法中，可能葛媽會擔心他而晚睡，但如今看來是葛東多慮了，葛媽聽說他晚上跟艾莉恩出去，別說擔心了，睡的是再安穩也不過，大有就算葛東明天早上再回來也沒關係的氣勢。

葛爸的想法則比較簡單，葛東一個大男孩半夜出門也沒什麼好擔心的，況且他又沒有學壞，不但當上了學生會會長，還跟一個那麼漂亮的女孩交好，如果這也需要擔心，那他這個老爹恐怕會煩惱而死吧！

於是這麼排除下來，好像也只剩下妹妹了。

「那，我去睡了？」葛東小心翼翼帶著討好般的語氣，要是妹妹為了等他到半夜這件事生氣，要求葛東必須提出補償的話，身為哥哥的他是一點抵抗能力也沒有的。

「嗯。」妹妹只是簡單地吐了一個音節，並拿起桌上的奶茶喝了一口，依然是沒有正眼看他。

沒有要求、沒有責備，就好像她真的只是為了看電視劇重播才熬夜似的。

不過，就在葛東走向自己房間的途中，妹妹突然開口問道：「以後還會像今天這樣晚回來嗎？」

「我無法保證不會。」葛東也是多麼希望像今天這種事情不要再出現了，但這並不由他的意志來決定。

包括ＶＩＣＩ團的作為、包括圖書館的任務……也包括艾莉恩。

「真是麻煩……」妹妹彷彿很不耐地一口氣喝光了奶茶，把演到一半的電視關掉，憤然衝回了自己的房間。

葛東不明白為什麼妹妹突然發這麼大脾氣，不過他現在也沒力氣去深究，雖然曾經有打電動到半夜的經驗，但今天他是打完工後又跑去弄到了這麼晚，體力和精力都差不多到極限了，匆匆洗了個澡就倒在床上失去了知覺。

※　※◆※　※

隔天，葛東是被手機的聲音吵醒的，並不是設定好的鬧鐘聲，而是有人打電話過來的鈴聲。

葛東倒在床上，沒戴眼鏡的視線中可以看到天色才剛濛濛亮，摸索了半天終於找到了手機。

湊近眼前一看，才六點多，而他跟艾莉恩的週日補習是九點在學校圖書館進行，也就是說這通電話比葛東平常起床的時間還要早了兩個多小時。

這種時間接到電話無疑是讓人不悅的，但手機上顯示的名字卻讓葛東無法忽略。是友諒。在昨天的遭遇後，特地這麼一大早打電話來，應該是有很重要的事情要說吧？

「喂？」帶著這股念頭，葛東接起了電話。

「奶茶說她不幹了！」手機的那端傳來了友諒帶著激動的聲音。

「什麼？」一大早的，葛東的腦子還沒完全清醒，加上友諒說得又快又急，一時沒有聽清楚。

友諒深呼吸的聲音透過手機也聽得一清二楚，他放慢了語調說道：「奶茶，我們家那個新來的四天王說她不幹了！」

「就是那個出了很多點子的奶茶？」葛東這下子清醒了。

「是啊，昨天我們回去後，正在開檢討會的時候，大叔他就接到了奶茶說她不幹了的電話，我本來想立刻通知你的，可是你都沒接！」

「昨天我太累，睡掛了吧……」葛東為自己沒接電話的行為找了一個藉口，然後又關心起剛得到的消息道：「那你們家奶茶有沒有說為什麼不幹了？」

「不知道，大叔也沒跟我們說理由，總之那個神秘主義的傢伙退出了，對我們來說都是件好事吧！」

「是啊……」葛東想要思考，但早起的腦子卻顯得有些遲鈍。

葛東在經歷了一開始的驚訝之後，卻不覺得有什麼開心的地方，這件事從頭到尾都透露著奇怪的味道，他感覺自己好像有什麼地方沒有想通，又或者是被瞞住了……

想到這裡，葛東突然自嘲的一笑，當然是被瞞住了，而且不只是自己，友諒不也被瞞住了嗎？

又跟友諒閒扯了一陣，葛東這時也差不多完全清醒了，他問道：「這大概是什麼時候的事情？」

「就……昨天。」

「不，我的意思是，這通電話是幾點接到的？」

「接近一點的時候，印象中是這樣……」

葛東聞言陷入沉默，他隱約感覺到好像有條線可以把他知道的情報全部串起來得到真相，不過究竟有哪些情報是素材，他卻一點頭緒也沒有。

「對了，我說啊，我們這個同盟繼續下去是不是有點不太妙？」友諒的迷惘透過手機也聽得一清二楚。

「為什麼突然這麼說？」

「像這次我們彼此都有想達成的目標就算了，平常沒事的時候就交換情報，總覺得像是在背叛陽曇跟大叔吶……」

葛東正好昨天才想過這個問題，當下便提議道：「那麼我們改變一下方式，不要每次都無條件交換，必須提出雙方都受益的交易才能同意如何？」

「就算不想繼續，設下這種條件的理由又是為什麼？」友諒不明白葛東這個提議的理由。

「我昨天再次感受到了班長她有多認真，你那邊的大叔應該也是認真的吧？」葛東稍停一下，得到了肯定的答覆之後繼續說道：「那麼我們也認真一點，那種單方面的情報洩漏確實不好。」

葛東說著看似公平的話，但這樣實際上是給他自己增添了限制，因為一直以來，都是友諒那邊送過來的消息比較多，葛東送過去的很少。

畢竟，大叔跟陽曇對葛東來說都是不那麼熟悉的人，而艾莉恩跟友諒已經同班了一年多，要說陌生也只有新加入的圖書館了。

「你倒是說說要怎樣交換，情報這種東西說出口就沒用了吧？」友諒依然不是很明白，但他更想擺脫現在這種出賣同伴的罪惡感。

「交換的時候，問問對方有沒有情報可換，沒有就沒有，有的話才交換，如果其中一方情報的重要性太低，那得多拿一個情報來補。」

「好像漏洞很多啊……不過算了，反正我們也沒有多正規。」

友諒也沒有多問情報的重要性怎麼評斷之類的問題，反正到時候他們兩個一交換，覺得吃虧的一方自然會吵鬧，到時候再協調吧！

友諒抱著這樣的念頭，姑且一問道：「那麼，你現在有情報要交換嗎？」

葛東想了想，覺得沒有交換的必要，同時他們這邊的征服世界會也暫時不會有別的舉動，因此回答道：「暫時沒有。」

「真可惜啊……真的、真可惜啊……」友諒的聲音中透露著濃濃的惋惜。

終章
這一切都是哥哥的錯！

與葛東的通話結束後，友諒很是疲憊地倒在了床上。

他在自己家裡，一夜未眠，即使到了這個時間也依然沒有睡意。

因為昨天知道的那個消息實在太震驚了。

昨天，他向陽曇要到了四天王之奶茶的號碼後，本來想趁著大叔首領和陽曇都沒時間管電話的機會，好好摸一下奶茶的底，但等他把紙條上的手機號碼按進手機，卻看到一個名字浮了上來。

這代表友諒已經把這個號碼存進去了，不僅如此，顯示出名字的瞬間，奶茶的真實身分也就暴露了。

可是那個名字……

葛茜（妹）。

葛東的妹妹，葛茜！

如果要比較衝擊度，究竟是得知完美班長也打算征服世界比較衝擊，還是好友的妹妹竟然加入自己這方成為四天王比較衝擊呢？

友諒沒辦法做出一個準確的判斷。

不過，當時的他還是把電話撥了出去。

「喂？」

手機那端的聲音帶著點慵懶，同時還有在這個時間接到電話的迷惑。

「嗯……那個，我是妳哥的朋友，林友諒，記得嗎？」

如果只是友人的妹妹，友諒不至於如此慌亂，但對方同時也是新任的四天王，這讓他感到有些不好拿捏態度。

「當然記得啊，怎麼了嗎？」

葛茜那邊同樣也有存友諒的號碼，所以在接到電話之前就已經知道是誰了。

「那個，我想先確認一下，妳就是奶茶？」友諒猶不敢確信，因此小心翼翼地加以確認。

「啊，你總算知道啦！本來沒想過可以瞞那麼久的，可是你好遲鈍呢，只是蒙面就認不出來了！」

「蒙了面還認得出來才奇怪吧，我又不是妳哥……」

雖然這已經是回憶中的事了，但友諒還是需要回想起更久之前的那天晚上，他們在VICI咖啡開會……

當時說的是葛東已經坐穩了學生會會長的位置，越來越難以動搖他在學校的地位，看來柢山完全中學這個據點要完全成為葛東的囊中之物，這可能會成為他征服世界的起點云云。

就在這個時候，突然有個女孩子闖進員工休息室，她把店裡的餐巾紙攤開，用水沾濕了貼在自己臉上，怎麼看怎麼都只有可疑能夠形容！

一進來，女孩就用急促的口吻問道：「你們所說的那個，同樣打算征服世界的傢伙，叫做葛東是嗎？現任柢山高中部學生會會長的那個葛東？」

「妳是誰！」離員工休息室入口最近的陽曇跳了起來，擺出一副戒備的架式。

「我？」女孩瞥了她一眼，抬起了胸膛，一點也不怵地說道：「我是給你們帶來勝利之人！」

這番如此中二的發言，讓場面一時冷卻了幾分，女孩本身好像沒有預料到這種情況，好在她臉上貼了濕答答的餐巾紙，讓人無法看到她的表情。

「總之……我先給妳個面罩吧，跟我來。」大叔看這樣下去不是辦法，於是把女孩領進了更衣室。

這一進去就過了快二十分鐘才出來，出來的時候女孩已經戴上了面罩，是友諒用的那種全臉覆蓋型的，然後大叔就宣布她是ＶＩＣＩ團的新任四天王了。

當然，陽曇表示了強烈的質疑，但這沒有對大叔產生實質上的影響。

「怎麼了？」

當友諒陷入回憶當中，手機那端的葛茜看不到他的表情，只覺得奇怪友諒突然不說話了。

「沒，只是試著回憶一下，看有沒有哪裡可以找到破綻的。」友諒嘆了口氣，他雖然跟葛東是朋友，但跟葛茜卻沒那麼熟，只能算是朋友的妹妹而已，就連手機號碼也不記得是什麼時候輸入的了。

「啊哈哈哈！」葛茜似乎覺得這一切都很有趣，而發出了大爆笑。

友諒暫且放下回憶中的那些事，轉而說道：「好吧，所以妳是新任的四天王，出了一堆主意來陷害妳哥？」

「誰叫他上了二年級之後變得奇怪了，都是他不好！」葛茜的聲音說到這邊突然提高了起來。

「呃……」

友諒只有一個哥哥，不知道兄妹之間的相處模式是怎麼回事。

「沒別的事的話，我掛了喔！」

「沒事了……」

友諒本來就只是為了確認對方身分而打的電話，原本還設計了一些用來套話的說詞，但沒想到光是輸入號碼就已經得知了真相！

雙重回憶到此結束，友諒沒對葛東說出口一方面是對方的提議，另一方面也是覺得難以啟齒。

要是友諒能說出來，對葛東就像是揭開了最後的謎底，逆向推理很容易就可以把那種好像能將一切串起來的線索找到。

葛東擁有的線索如下：

最初，也是最無關的線索，是圖書館說葛茜很有征服世界的資質。

第二，則是葛茜送來錢包，並帶著她的同學們參觀學生會室，這是預計中的偵察行動。原本葛茜是打算直接對學生會室進行襲擊，但偵察的結果發現，這裡並不是一個值得大動干戈的地方。畢竟重要的東西都會收在教師辦公室，學生會室這邊只有一些不是很重要的資料，進行襲擊根本得不到什麼好處。

第三，是葛茜看到葛東手機中那張圖書館的女僕照片，之後ＶＩＣＩ團改變了主意繼續在園遊會上搗亂，這完全是葛茜氣憤之下做出的決定，就結果而言也的確如預料中的起到了反效果。

最後，也是最重要的證據，則是川堂的黑函照片。

雖然只是經過攝影社學長這種層級的不專業判斷，但最起碼照片確實是刻意去拍的，而葛東的約會路線是向妹妹詢問的建議，只要有人知道了這點，那麼在約會的途中，ＶＩＣＩ團可以很輕易地做好拍照的準備。

除此之外的線索還有不少，像是特地取了奶茶這個代稱之類的，但葛東缺乏將它們全部串起來的智慧，也根本沒有往那個方向想過，而有了最終結果的友諒，卻又不知道這些重要的情報。

現在想想，葛茜所扮演的奶茶，之所以一直採取神秘主義，恐怕也是在顧忌友諒，擔心要是被他得知了身分，會告訴葛東之類的……雖然從葛茜的態度上來看，似乎她認定了自己遲早會暴露的樣子。

總之，葛茜說要退出，倒是讓友諒放下了一件心事。

友諒當然好奇為什麼當時葛茜會跳出來說要加入ＶＩＣＩ團，如果僅僅是好玩，那麼她提出來的計謀也太奸詐了。

不斷的思考使得友諒的腦子開始發疼，而剛剛跟葛東通話完畢，似乎有種卸下重擔的感覺，徹夜未眠的倦意飛快地湧了上來，他不一會兒就失去了意識。

※　※◆※　※

另一邊，掛上電話的葛東慢慢爬起來，雖然時間還早，不過已經被吵醒的他也不想睡回籠覺，慢吞吞地爬起來進行梳洗，又慢吞吞地換好衣服，發了一會兒呆，接著就去學校了。

禮拜天是葛東跟艾莉恩的補習日，期中考已經結束一週了，雖然進度還不多，但葛東那個不上不下的成績，光是複習就有很多書要唸。

與艾莉恩約定的時間是九點，葛東早到了一個多小時，學校的圖書館倒是已經開門了，而櫃檯處果然還是坐著那個眼鏡外星人。

「那啥……昨天的事情……」葛東一屁股坐到了圖書館面前，試著與她搭話道。

「有什麼事嗎，會長大人？」

以往在沒有外人的情況下都會直視著他的圖書館，這次卻沒有抬起頭。

「唔哇，這個稱呼真是充滿了疏遠感……」

葛東很誇張地叫了一聲，然後被圖書館指著「請安靜」的警告標語狠狠地瞪了。應該是被瞪了沒錯，面無表情只有眉毛豎得很高，雖然缺乏一種凶狠的味道，但對一個搭載型機器人來說已經很努力了。

「會長大人特地提早這麼多來，有什麼指教嗎？」圖書館收回了她那威懾力不足的凝視，轉而發起了語言攻勢。

但是很可惜的，語言攻勢因為缺乏感情起伏，所以威力也顯得相當微弱。

「那個啊，妳昨天說的，班長的行蹤妳都知道，是嗎？」葛東提這件事來還有幾分訕訕，畢竟他們可是拋下了圖書館跑去跟ＶＩＣＩ團對決了。

「是的，畢竟是任務。」圖書館生氣歸生氣，卻沒有因此拒絕回答。

「有什麼限制嗎？」葛東繼續打聽。

「會長大人問這個有什麼用意？」圖書館起了警戒心，要是他們再度撇下她進行什麼活動，被知道限制可就很不妙了。

「只是好奇而已，我真正想知道的是別的……」葛東搔了搔頭，整理了一下說詞之後才道：「除了班長以外，妳也能監視別的目標嗎？」

「理論上可以，實際上不行。」

「為什麼？」

「因為被禁止了，不能因為個人興趣而隨意使用公物。」

「不是因為隱私權之類的理由嗎？」

圖書館這次沒有立刻回答，而是盯著葛東的面孔看了好一陣子，才開口說道：「我會提出注重人類隱私權的報告。」

言下之意就是過去並沒有考量到這點的意思吧……

好吧，其實葛東也不是很在意，就好像人類也從沒考慮過其他動物的隱私權之類的事情，他只是想知道圖書館的監視能不能擴散到別的地方而已。

得到了否定的答案後，葛東也就不再繼續糾纏下去，話題也轉而偏向了閒談，像是問圖書館住在哪裡、友諒最近有沒有來之類的。

圖書館可說是有問必答，拜此之賜，在艾莉恩抵達之前，葛東得到了很多關於她的個人資料。

像是她其實就在學校附近租房子住、每個月都有零用錢之類的事情，還有友諒時常過來的事情……

雖然後者在葛東暴露給陽曇知道後，來的次數已經減少了一些，但卻沒有放棄的樣子，而且友諒的談話突然變得很有吸引力了……

關於這個，葛東稍微偏開了視線，因為這是他告訴友諒的。

閒談的時間過得很快，隨著艾莉恩的到來，葛東跟圖書館的對話也就中斷了。

跟艾莉恩的補習一直到下午五點，因為這是學校圖書館週日的閉館時間。

※　※◆※　※

或許是前段時間事情太多，輕鬆下來反而無所適從的關係，回到家的葛東有點提不起勁的感覺，就這麼癱坐在客廳裡看電視，反正他也沒什麼想看的，妹妹轉到哪臺就跟著看哪臺。

吃過晚飯，繼續發呆看電視、洗完澡，繼續發呆看電視，節目內容有的看進去了，但更多的根本沒看，葛東就只是看著電視的方向發呆。

不過，在這樣的發呆過程中，葛東注意到了一件有點奇妙的事情。

「妳今天怎麼一直在看電視？」

妹妹今天待在客廳的時間很長，葛東記得她平常都是待在自己房間比較多的。

「你不也一樣嗎？」

妹妹瞥了他一眼，然後操縱遙控器轉臺。

「啊，我只是在發呆而已，節目什麼的，我並沒有很認真在看……」

葛東稍微解釋了一下自己的行為，沒想到妹妹卻突然好像凝固住似的停下了動作。電視畫面停在某個購物臺，裡頭的主持人正口沫橫飛地說明產品優點，並且不斷使用各種方式來證明。

「怎麼了嗎？」葛東不明白妹妹為什麼反應如此之大。

「所以……你不是有什麼話想跟我說，才刻意待在客廳的嗎？」妹妹握著遙控器的手指不自覺地用力，握得手指關節都發白了。

「有什麼想說的，我就直接去妳房間找妳了啊！」葛東理所當然地說道。妹妹的房門雖然常常關著，但並不會上鎖，所以只要敲敲門表示一下就能進去了。

「啊，說的也是呢……」

不知道為什麼，妹妹好像受了很大的打擊似的抱住了腦袋，整個人往沙發裡縮去，陷入了沮喪狀態。

葛東見狀哪還不知道有什麼事情發生了，因為是妹妹的緣故，所以他也就毫無顧忌地問道：「怎麼了啊，發生了我必須跟妳說什麼的事嗎？」

沮喪狀態的妹妹把身子縮得更緊了，還拿了坐墊蓋在自己頭上，彷彿這樣就能躲避葛東的詢問似的。

葛東一時之間不知道要不要繼續追問下去，但還不等他決定，妹妹就已經搶先一步跳了起來。

「不管你了啦！笨蛋、笨蛋！」

丟下這麼幾句話後，妹妹飛快地回到了自己的房間，飛快地關上了房門，飛快地上了鎖。

葛東目瞪口呆地望著這一切，不知道究竟為什麼會變成這樣。

※　※◆※　※

妹妹在關上房門後，突然好像失去了所有力氣似的，靠著房門緩緩坐了下來，就這麼直接轉成體育坐姿——將雙手放在小腿上，雙腿靠往胸口，把臉埋在了膝蓋之間。

「那傢伙到底在做什麼啊，明明就一直在傳遞情報給哥哥，偏偏這麼重要的消息沒有傳出去……」

這兩個傢伙的腦子太不好使了！

明明已經給出那麼多的提示，到最後卻一直沒有發現，甚至不小心連陽晴也牽連進去了，結果卻是因為手機號碼而暴露的！

想到這裡，妹妹突然對友諒產生了怨念——這完全就是遷怒，妹妹自己也知道，但生氣就是生氣，這種事情是無法解釋的！

想到這裡，妹妹做出了決定，她拿起手機，發了一封簡訊給大叔店長。

「我反悔了，我想繼續當四天王，但是有一個條件……」

大叔直到ＶＩＣＩ咖啡打烊之後才回覆，當然這也在妹妹的預料之中，而更加在預料之中的，則是大叔答應下來的結果。

當然不可能拒絕的，妹妹當初請辭的時候就受到了諸多挽留，原本以為在身分暴露給友諒之後，會引來哥哥的質問而決定不繼續下去了，怎料友諒竟然沒有把這個消息告訴哥哥！

「等著瞧吧，女人的憤怒是很恐怖的！」

在上了鎖的房間中，妹妹的笑聲悠悠蕩蕩地填滿了所有的空間。

而此時正在家裡打電動的友諒，不知為何突然打了個寒顫。

《什麼！我是征服世界的好苗子！02》完

# 後記

最近開始覺得，比起音樂，我更喜歡安靜。

就是那種，什麼聲音都沒有，最大的噪音是我按鍵盤的聲音，或是窗外的雨聲，那種情況應該是最好的吧……順帶一提，我用的鍵盤只是很普通的一、兩百塊的那種鍵盤，不是那種打起來喀喀響的機械軸鍵盤。

安靜真的很好，特別是我家這邊的公寓，時常會有鄰居在整修房子，雖然現在已經有建築法之類的東西規定了工作時間，但對於作息不正常的我而言，那條法令並沒有保護到在下……

當然這樣的抱怨也只能是抱怨，畢竟人家完全沒有錯，有問題的反而是我這邊……

啊，不知不覺抱怨了這麼多跟故事無關的東西，真是相當不好意思，於是我就在這裡暫停，期待下次見面的時候，我能有些快樂的事情來分享吧。

矛盾　二〇一五年八月

召喚是麻煩的開始☆
召喚師物語

01
召喚是倒楣的初現☆
召喚師物語

02
召喚是混亂的根源☆
召喚師物語

03
召喚是世界的救贖☆
召喚師物語

不可以用超能力談戀愛
Flyking
賭上戀愛遊戲之神的戰爭即將開始！
全套2集，全國各大書店、網路書店、租書店、特
全套2集，一起來攻略超能力美少
典藏閣
華文聯合出版平台
www.book4u.com.tw
采舍國際
www.silkbook.com
不思議工作室_
立即搜尋
版權所有© Copyrigh

vol.01
紅心冒險
Hearts Dreamland
Novel & Illust 重花
羊角書系 第二彈
輕小說插畫名家——重花（麻紀）老師
繼《神臨誌記》再次挑戰長篇小說！
好奇心爆棚的少女遇上了在圖書館出沒的紅心王子
一場在現世與異界穿梭的奇幻旅程就此展開——
您，準備好與重花老師一起遨遊鏡之國了嗎？
典藏閣
華文聯合出版平台
www.book4u.com.tw
采舍國際
www.silkbook.com
不思議工作室
立即搜尋
版權所有© Copyright

羊角系列 007

# 什麼！我是征服世界的好苗子？ 02


出版者■典藏閣
作　者■矛盾　繪　者■薩那 SANA.C
總編輯■歐綾纖
製作團隊■不思議工作室

郵撥帳號■50017206 采舍國際有限公司（郵撥購買，請另付一成郵資）
台灣出版中心■新北市中和區中山路 2 段 366 巷 10 號 10 樓
電　話■(02) 2248-7896　傳　真■(02) 2248-7758
物流中心■新北市中和區中山路 2 段 366 巷 10 號 3 樓
電　話■(02) 8245-8786　傳　真■(02) 8245-8718
ＩＳＢＮ■978-986-271-636-6
出版日期■2015 年 10 月

全球華文國際市場總代理／采舍國際
地　址■新北市中和區中山路 2 段 366 巷 10 號 3 樓
電　話■(02) 8245-8786　傳　真■(02) 8245-8718

新絲路網路書店
地　址■新北市中和區中山路 2 段 366 巷 10 號 10 樓
網　址■www.silkbook.com
電　話■(02) 8245-9896
傳　真■(02) 8245-8819

☞您在什麼地方購買本書？☜

1.便利商店（________市／縣）：□7-11　□全家　□萊爾富　□其他__________

2.網路書店：□新絲路　□博客來　□金石堂　□其他__________

3.書店（________市／縣）：□金石堂　□蛙蛙書店　□安利美特animate　□其他____

姓名：________地址：____________________

聯絡電話：__________　電子郵箱：____________________

您的性別：□男　□女　　您的生日：西元________年________月________日

（請務必填妥基本資料，以利贈品寄送）

您的職業：□上班族　□學生　□服務業　□軍警公教　□資訊業　□娛樂相關產業

□自由業　□其他__________

您的學歷：□高中（含高中以下）　□專科、大學　□研究所以上

☞購買前☜

您從何處得知本書：□逛書店　□網路廣告（網站：__________）　□親友介紹

（可複選）　□出版書訊　□銷售人員推薦　□其他______________

本書吸引您的原因：□書名很好　□封面精美　□書腰文字　□封底文字　□欣賞作家

（可複選）　□喜歡畫家　□價格合理　□題材有趣　□廣告印象深刻

□其他______________

☞購買後☜

您滿意的部份：□書名　□封面　□故事內容　□版面編排　□價格　□贈品

（可複選）　□其他

不滿意的部份：□書名　□封面　□故事內容　□版面編排　□價格　□贈品

（可複選）　□其他

您對本書以及典藏閣的建議______________________________

______________________________

______________________________

✌未來您是否願意收到相關書訊？□是　□否

✎感謝您寶貴的意見✎

印刷品

請貼
3.5元
郵票

235 新北市中和區中山路二段366巷10號10樓
華文網出版集團 收
（典藏閣－不思議工作室）

# 什麼！我是征服世界的好苗子？ 2

Novel 矛盾

Illust 薩那SANA.C